受读者喜爱的美文

辽海出版社

1

刘振鹏 主编

图书在版编目(CIP)数据

最受读者喜爱的美文/刘振鹏主编—沈阳:辽海出版社,2010.4
ISBN 978 - 7 - 5451 - 0828 - 6

Ⅰ.①最…　Ⅱ.①刘…　Ⅲ.①散文—作品集—中国　Ⅳ.①I26

中国版本图书馆 CIP 数据核字(2010)第 065771 号

责任编辑:段扬华
责任校对:顾　季
封面设计:唐文广

出版者:辽海出版社
　　地　　址:沈阳市和平区十一纬路 25 号
　　邮政编码:110003
　　电　　话:024—23284469
　　E – mail:dyh550912@163.com
印刷者:北京一鑫印务有限责任公司印刷
发行者:辽海出版社

幅面尺寸:155mm×220mm
印　　张:36
字　　数:210 千字

出版时间:2012 年 9 月第 3 版
印刷时间:2012 年 9 月第 1 次印刷
定　　价:88.80 元(全 3 册)

前　言

　　美文是文学中的一枝奇葩，是在纸上跳跃的心灵文字。阅读古今中外的经典美文，不仅能够开阔眼界，增长知识，更能够在精神上获得启迪和昭示。作家以自身的生活经历和对人生的感悟创作了无数优秀的美文经典，在人类灿烂的文明史上描绘了一幅幅耀眼夺目的篇章，是人类永恒的印迹。一个不爱读书的民族，是可怕的民族；一个不爱读书的民族，是没有希望的民族。我们要坚信，阅读是知识的源泉。一个人的精神发育史实质上就是一个人的阅读史，而一个民族的精神境界，在很大程度上取决于全民族的阅读水平。阅读是最直接有效的学习途径，人类80%的知识都是通过阅读获得的。青少年的阅读开始得越早，阅读时思维过程越复杂，阅读对智力的发展就越有效。所以，不要犹豫了，现在开始，就迈开这一生的阅读之路吧！许多人为了领悟人生哲理费尽心机，殊不知一滴水里蕴藏着浩瀚的大海，一则短小的文章中孕育着博大的智慧。本书收录的数百篇读者喜爱的美文，其内容涉及人生的方方面面，它们有的睿智凝练，让心灵为之震撼；有的灵气十足，宛如一线罅隙中奔涌而出的清泉，悄然渗入心田。本书既是文学爱好者的必备读物，也是忙碌现代人的一片憩息心灵的家园。

目　录

最受读者喜爱的美文

1

最受读者喜爱的美文

1

我要以整个身心的爱来拥抱今天

◆文/谢 天

纵然可以凭借武力打开一座城市之门,甚至不惜摧毁生命,但却不能持久;只有将整个身心的爱奉献出来,使人们彼此之间都敞开心扉,互相真诚相待,才会获得真正的成功,这是唯一的秘密。在领悟到爱的真谛之前,我只不过是商界中的一名微不足道之人。而现在我要把爱作为与人交往的最有力的工具,我相信无人可以抵挡它的魅力。

我的想法,也许会令人驳斥;我的举动,或许会遭到排遣;我的装扮,可能会受到嘲笑;我的容貌,也不会惹人喜欢;以至于我销售的物美价廉的货物同样会受到质疑;不过没关系,我将会用真诚和爱心来对待他们,如同温暖的阳光照在心田里,会消除一切的隔阂。

我该怎样付诸实施呢?从今天开始,我要对这世上所有的一切都充满爱心,只有这样,才会获得不一样的精彩人生。我爱阳光,因为它带给我温暖;我爱绵绵细雨,可以梳理我的思绪;我爱光明,帮我照亮前进的方向;我爱夜晚,可以看到亮闪闪的星星。我拥抱欢笑,这可以使我心情舒畅;我承受悲痛,它可以让我变得成熟;我获得酬劳,因懂得几分耕耘,几分收获的道理;我不畏惧挫折,因我知道人生不可能总是一帆风顺的。

我爱雄心勃勃的人,他们给我信心;我爱失败的人,他们给我经验;我爱王侯将相,因为他们也是普通人;我爱谦逊之人,因为他们非凡;我爱富人,因为他们孤独;我爱穷人,因为穷人太多了;我爱少年,因为他们真诚;我爱长者,因为他们是智者;我爱美丽的人,因为他们眼中流露着凄迷;我爱丑陋的人,因为他们有颗宁静的心。

我要以整个身心的爱来拥抱今天。

我该怎样回应他人的行为呢?用爱心。爱是我打开人们心扉的钥匙,也是我抵挡仇恨之箭与愤怒之矛的盾牌。爱让挫折变得如春雨般温和，它成为我商场上的护身符：孤独时，给我支持；绝望时，使我振作；狂喜时，让我平静。这种爱心会一天天加强，越发具有保护力，直到有一天，我可以坦然地面对芸芸众生，处之泰然。

我要以整个身心的爱来拥抱今天。

我该怎样面对遇到的每一个人呢？唯有一种方法：从心底静静地真诚地祝福每一个人。"此时无声胜有声"，这无声的爱会通过我的双眸传递出来，我始终以微笑来面对来者，使彼此的心间产生共鸣。来者会自然而然地融入到这温馨的感觉中，会很顺其自然地接受我的商品。

善待别人，首先要善待自己。要每时每刻地审视自己的一切：思想、意识、举止、胸怀、言谈、灵魂深处等等。千万不可放纵自己，要保持冷静的头脑，敏锐的思维，绝不可做出一失足成千古恨的事情。要不断地用知识来丰富自己，升华自我；不可骄躁，要心胸开阔，宽容待人，让世界充满爱。

从今以后，要怀着一颗真诚的爱心去面对每一个人。仇恨与我无缘。我的心中只有爱，没有恨。目前，我已经迈出了通向成功的关键的第一步。只要心中有爱，即便是略识之无，也会大大增加获得成功的机率；恰恰相反，若心中无爱，即使是才高八斗，也会败走麦城的。

我要以整个身心的爱来拥抱今天。

美文感悟

我要以整个身心的爱来拥抱今天，从怎样付诸实施、如何表达、怎样行动、怎样回应他人的行为、如何面对碰到的每一个人这五个方面一一展开。最后,作者归纳了自己的观点,深化了主题,同时也表现出作者激昂的斗志以及"要以整个身心的爱来拥抱今天"的决心。

我对人生的悟解

◆文/佚　名

皎洁的明亮的月光穿过玻璃窗,洒在了一个人身上,他边抽着烟,边玩着电脑……

我每天最愉快的事情就是一边听着轻音乐,一边在电脑里写文章。

今天我的老师是出于好心——关心我,为我身体着想,看见我在吸烟时就告诉了我抽烟的害处,劝我还是把烟戒掉为好,吸烟对年轻人的肺的损害程度是极为厉害的。实际上这个我很清楚,只不过,我觉得自己不是戒不了烟的问题,而是害怕寂寞的问题。

茫茫人海中有哪一位了解我的内心世界?有哪一位清楚我在寂静的夜里不住的抽泣?

如今的我,每日都身背重负,心中始终有一块重重的坚石,压得我几乎无法呼吸。这块坚石就是:家人对我殷切的期望;老师对我的鼓励;同学对我的关爱;未来对我提出的目标,所有的一切形成了一股无形的巨大的力量向我袭来,让我感到活着好辛苦!好无乐趣可言!

写作属于我一项业余的爱好。每当我拿出我的文章给班里的人看的时候,他们的回应就是一句话:看不懂你这莫名其妙的作品,但是当我拿给老师看,请老师点评的时候,老师的脸上总会露出一丝笑容。看到了老师的那一丝微笑,我心里莫名地也高兴起来,当老师看完了我的文章以后就会对我说:不错不错,继续努力,期待你的下一篇文章。老师给予了我信心,鼓励了我,支持了我的爱好,我不能让老师失望,我必须学好语文,打好基础,才能写出好的文章……

每次朋友跟我通电话的时候就会问我,最近怎么样了啊?日子过得快乐吗？考试成绩怎么样了啊？有没有出新的美术作品啊？我总是敷衍了事地说了一句话：日子过得还不错，挺舒服挺开心的。他们出自对我的关心，却引起了隐藏在内心的劳累和悲伤。生活太虚伪了，我不想朋友为我担心，我不得不说这一句欺骗心灵的谎话。我必须努力，打好基础，写好文章，画出美丽的美术作品，说出美丽的谎言，不让朋友对我失望，为我担心……

面对迷茫的未来，我忐忑不安，我害怕自己不能融合到这个社会之中，自己的实力不能够在这个社会去独挡一面。所有人都有美好的梦想，有对未来的期盼，我也同样如此。憧憬美好的未来是快快乐乐的，与家人和睦相处，享受天伦之乐。但是前提是必须找到未来的前进正确方向的那盏灯，发现并抓住那把剑，才能开凿出一条属于自己的光明前途的路。我只有努力的学习，懂得如何为人处事，才可以使我的未来充满希望，才能对未来之路永远充满信心，才会前途无量。此外，别无捷径可言。

虽然现在一切都使我觉得难以呼吸，但是我会将压力变为动力，不断地鼓励自己，给自己加油，永不言败。亲人、老师、同学；亲情、友情都是我前进的动力，是我永远的精神支柱。

美文感悟

不管生活是如何的令我们失望，我们都不应停下自己的脚步，我们更不应就此服输；我们要坚信：坚持就是胜利，永不放弃。实际上，生活本是苦难的，而真正的幸福恰恰就在享受苦难的过程中。

红色物语

◆文/佚　名

无意间，骤风起，叶飘落……

4

风虽不力,却不冷冽。迎面感受到的,不过是一阵清冷的镇定。它比燥风清爽,比寒风柔顺——在风之中,它可应算得上是极品了……

然而,飘落的树叶或许并不是友好的信号吧?因为它似乎暗示着一个生命繁茂的季节的完结。随之而来的,则是一段绿色全无、满眼荒凉的漫长岁月……

是啊,绿色是生命的颜色!回顾一下这个繁茂的季节吧——炎热笼罩着大地,却盖不住人们欢乐的笑脸。因为人们都生活在郁郁葱葱之中,那无数的绿色——那无数翠色欲滴、漫山遍野的绿色啊,是它们那充满着自然的灵魂的气息驱散了炎热,是它们将炽热的阳光吸收并化为清新。夏季的炽热,只能为绿色所守护的人们带来生命的鲜活与繁茂,却丝毫无法灼燃绿色。

可是现在,这个世界却已成为了红色!红的像火,难道绿色终还是抵不住那炽热了么?那谁还能守护这世间的生命、守护这生命的繁茂?

又是一阵秋风掠过,地上又铺下了一层由落叶所印染的红色。

罢了,这就是自然。在自然的法则中,没有永恒的存在——包括这绿色的繁盛。繁盛过后,必定是天地一体的银白色的沉寂,还有那无尽而无情的寒冷充斥其中。这是无法阻挡的力量与进程,或者说,这是自然与人间的命运的安排!

但是,在这繁茂与沉寂之间,为何却夹杂这红色的秋季、为何剩下这红色——剩下这秋季的红色?

疑惑之中,我不禁长叹,猛地仰望天空,却不防地被阳光刺到了双眼。我下意识地立刻用手背挡住了阳光,眼睛才得以睁开——就在这一瞬间,我的脑海中闪现出了一个情景:

我用手背挡住了红色的太阳,同时看见掌心的皮肤表面亦隐隐地透着红色。

我猛然一颤:太阳是红色的,血也是红色的;太阳是热的,血也是热的;太阳是生命的力量,而血是生命的源泉!我明白了……

绿叶虽然凋零了,然而它却绽放了最后的生命,让我们在冬季到来之前,牢牢地记住了红色——记住了它在繁盛之时所积聚的它真正的灵魂的颜色！是啊，还有太阳为人间带来光明与温暖，还有热血在体内流淌——热血中融入了光明与温暖，便会迅速地沸腾、燃烧，从而化作生命用以抗衡沉寂与寒冷的、奔衍不息的力量！

不觉间，竟有了心花怒放的感觉——就在这虽清冷却遍山红色的世界之中。"可是，为什么心境会在秋季怒放？"我忽然萌生出这个问题，但随即不禁哑然失笑——因为，心也是红色的啊！

当明知困境肯定会到来的时候，即便是孤身一个，我们也应勇敢的面对，更不会任其将自己击倒。因为，头顶上依然有太阳：阳光可以为我们带来温暖与期望，光明可以为我们带来美好的明天，而有了期盼和希望就有了勇气。就让这勇气伴随着热血流淌，伴随着爱心跳动，纵情地绽放生命的光彩——到那时，困难不过是映衬着生命之华丽的灿烂光芒！

美文感悟

红，属于生命的调色剂，代表着生命的力量。是它染红了血性，绽放了生命的色彩，是它告诉众人：繁茂之后并不代表沉寂。"自古逢秋悲寂寥，我言秋日胜春朝。晴空一鹤排云上，便引诗情到碧霄"。

我并非是最优秀的

◆文/谢 天

我并非是最优秀的，因为我并非是上帝，不可能替自己生产出一个出众的大脑来；不可能在降临这世上之前就选好父母的地位；更不可能预知我的未来会是怎样？未来之路是未知数，好似飘在天空中的云，令人琢磨不定，我们无能力去摸到它。但是，我们可以把握现实中的每一天，比如诚信待人；踏实地工作；睿智的思想，通过坚持不懈的努力，脚踏实地一步一个脚印地前进。在这个过程中不断地去思考该如何去做，渐渐地未来之路由模糊变得清晰起来,我相信,只要坚持做下去,命运之神会照顾我们的,会创造出美好的未来的。

我并非是最优秀的,能很坦然地承认这一点,不是自信心不足,恰是因为对自己有正确的认知思维。人在自信心不足之时,可能会不停地为自己加油、打气;而作为一个真正的强者,通常是信心满满,根本不用考虑自己是不是最强的,眼光一直是落在将要被征服的地方。刘邦在击败项羽建立汉朝的庆功会上,与众臣席地而坐,推心置腹地分析他的成功原因,等众大臣讲完,刘邦开始有理有据地说:"你们说的都不正确,其实,我并非是最优秀的,论运筹帷幄,决胜千里之外,我不如张良;论镇守国家,安抚百姓,运送军粮,我不如萧何;论统领百万大军,每战必胜,我不如韩信。这三位都是人中豪杰,在各自的领域都是最优秀的,而我只是把最优秀的人放在最合适的位置上,因此,最终我成功了。相反项羽为何会失败呢?项羽一直都认为自己是最优秀的,力拔山兮气盖世,于是,在他的内心不能容许别人超越他,妒贤嫉能,谁立功劳,就加害谁,手下作战取胜,却得不到封赏,自己得到了土地,却不能够给别人一点利益,因为这些,因此,他失去了天下。"

我并非是最优秀的,但我坚信:虽然我的基础不是很好,装备不是很精良,环境也不是非常乐观,但是,只要我能加倍忍耐,加倍努力,加倍想办法,加倍顽强,那么,到最后我们就有能力战胜最强最棒的敌人。就如当年咱们抗日的时候,虽然当时我们最好的装备也不过是小米加步枪,而敌人则是飞机大炮,我们也要高喊:没有枪,没有炮,敌人为我们造。没有条件就创造条件,于是创造了地道战、游击战等打法,把战争艺术发挥得淋漓尽致,结果,是众人皆知的,把日本鬼子赶出了中国。所以,虽然自己不是最优秀的,也要对自己有信心,不断地尝试,不断地接受磨练,暗中修炼提升自己的战斗值(能力)和发展自己的影响力,只要坚持不懈地做好这些简单的事情,想不成功都难。

我并非是最优秀的。难道这口号是逆当前成功学的主流口号,标新立异乎?不是的,这想法源于我曾经认识的一个抑郁症患者,他看了许多心理医生都没有效果,后来他使用了我介绍的西方成功学的方法,每天早

7

中晚各喊十几分钟："我是最优秀的。"不久,他就对我说他痊愈了,头脑轻松许多,晚上也睡得安稳了。这里我们不得不承认,积极暗示的确有很好的心理治疗效果。可是,在与他往后的相处中,虽然我觉得他确实积极许多,精神许多,但是,思维举止上却有点眼高手低,甚至还有些"不协调的自信"(自负?不,自卑!),这反而使他在现实生活中,遭遇了更多的挫折,所以,表面他看起来自信,但是行为举止表露的却是他信心不足。在与人交往中,似乎比以前更加容易急躁和不安了……也许这是因为他在自我鼓励后,并没有正确地认识自己,总以为自己真的好强,不能着眼于细处入手,抓住点滴成功,人为地制造了心与现实的差距。

所以说,自我激励是一门艺术,激励应该把握分寸,恰到好处,少则欠多则滥。自我激励应该建立在有合理的基础之上,不能够盲目和具有欺骗性。也许,欺骗性的自励,可以为人带来一时的成功,但是一个老是欺骗自己的人永远难以获得巨大的成就。毛泽东是个精通激励艺术的伟人,他激励他人向来都是在恰当的时机,提出合理理由的。当红军在井冈山被第三次围剿时,之前接连的失败使军心大跌,军内人心都在疑问:"红军还能打多远?"他果断地提出:"红军还能继续打下去,"并提议和分析开展游击战的优势所在,以可行的方针激励全军将士。当被打到缺粮少吃的延安时,红军被国民党的几路兵马像水桶般围着打,红军的军心再次受到考验,毛泽东依然能够笑着对外国记者轻松地说:"一切反动派都是纸老虎。"这不是毫无根据的,因为之前他做了两件非常激励全军的事情:一是提出了"大生产运动",派王震将军到延安唯一比较肥沃的南泥湾搞生产,从根本上解决了粮食问题,二是写了著名的《论持久战》,把战争分为三个阶段,通过积极客观的分析时势来激励全军。所以,一个杰出的激励者,不会让你盲目地自我激励,而是从积极、客观、务实的角度入手,除了能够振奋激情外,还能使你正确地思考和积极地行动。

我们并非是最优秀的,这是一个事实,我们要有勇气来面对并接纳这个事实,不过我们也要对自己充满信心,不断地去实践,不断地接受锤练,暗自修炼提高自我的战斗值(能力)和发展自我的创造力,只要坚持不懈地做好这些并非复杂的事情,想不成功都难——这是成功的自然法则。

美文感悟

"我能行"是所有人都会用来自我激励的常用语言,但又有几个人能够认识到自我真正的价值呢? 无人知晓。金无足赤,人无完人,我坚信世上每个人都会有不足之处。只要我们用真心对待每个人,诚意做人,智慧思考,勤劳行动,加之坚持努力,奇迹一定会因我而生。自我激励,而是从积极、客观、务实的角度入手,除了能够振奋情绪外,还教会你正确地思考和积极地行动。每个人都不是神,神之所以称之为神,是因为他做了人难以完成的事。在成为神的道路中,磨砺与欢笑相伴而生。作者在本文中通过对人生的领悟,客观地阐明了作者对于人生的认知,适时引用例子,更生动地表明观点。每段开头即点题,使全文融会贯通,既阐述道理又不显得枯燥乏味。

不要等天上掉馅饼

◆文/佚　名

没有努力,就不会有任何结果。

——丘吉尔

当你有了自己的梦想以后,要明白仅有梦想是远远不够的。这就好比为自己设计了一个美好的蓝图,仅仅是万里长征迈出了第一步,下面就要有坚持不懈的决心与努力,才会一步步与梦想越来越近。

可生活中总是有一部分人整日在"白日做梦",沉浸在如同泡沫的幻想之中,而没有丝毫的具体行动,总以为梦想会像"天上掉馅饼"一样,会从天降临到自己身上。

可是这些人丝毫不明白:成功的关键在于必须付诸实施,要脚踏实地去做事。所以他们永远都不会获得成功。

有一位叫西尔维亚的美国女孩,她的父亲是波士顿著名的整形外科医生,母亲在一家声誉很高的大学担任教授。

自然她的家庭给予了她很大的帮助和支持,她极有机会实现自己的梦想。

她从念书开始,就一直想当电视节目的主持人。

她觉得自己这方面的才能十分突出,因为每当她和别人相处时,即便是陌生人也都愿意亲近她并和她长谈。她知道怎样从人家嘴里"掏出心里话"。她的朋友们称她是他们的"亲密的随身精神医生"。

她自己常说:"只要有人愿给我一次上电视的机会,我肯定会成功。"

但是,她为实现这个理想都做了些什么呢? 什么也没做!

她在期待奇迹出现,希望一下子就当上电视节目的主持人。

当然这种奇迹永远也不会到来。因为在她盼奇迹到来的时候,奇迹正与她擦肩而过。

还有一个落魄的中年人每隔三两天就到教堂祈祷,而且他的祷告词每次几乎都一样。

"上帝啊,请念在我多年来尊敬您的份上,让我中一次彩票吧! 阿门。"

几天后,他又灰头土脸地回到教堂,同样跪着祈祷:"上帝啊,为何不让我中彩票? 我愿意更谦卑地来服侍您,求您让我中一次彩票吧! 阿门。"

又过了几天,他再次出现在教堂,同样重复他的祈祷。如此循而往复,不间断地祈求着。

终于有一次,他跪着说:"我的上帝,为何您不帮助我实现愿望? 让我中彩票吧! 只需一次,让我解决所有困难,我愿终身奉献,专心侍奉您……"

正在这时,圣坛上空传来一阵宏亮庄严的声音:"我一直想帮你实现愿望。可是,最起码,你老兄也该先去买一张彩票吧!"

你明白为什么这样的人注定不会成功了吧? 光有梦想是不够的,要想成功,你必须有为自己的理想坚持到底的决心,并且马上行动!

梦想是成功的起跑线,决心则是起跑时的枪声,行动犹如跑者全力的奔驰,唯有坚持到最后一秒,才能赢得成功的桂冠。

哥伦布还在求学的时候,偶然读到一本毕达哥拉斯的著作,知道地球是圆的,于是他就牢记在脑子里。

经过很长时间的思考和研究后,他大胆地提出:如果地球真是圆的,他便可以经过极短的路程而到达印度了。

自然,许多有常识的大学教授和哲学家们都嘲笑他的想法。他们认为,他想向西方行驶而到达东方的印度,岂不是痴人说梦话?

他们告诉他:地球不是圆的,而是平的。然后又警告道,他要是一直向西航行,他的船将驶到地球的边缘从而掉下去……这不是等于走上自杀之途吗?

然而,哥伦布对这个问题很有自信,只可惜他家境贫寒,没有能力让他实现这个冒险的理想。他想从别人那儿得到一点钱,助他成功,他一连空等了十七年,依然还是失望。

他决定不再等下去,于是启程去见皇后伊莎贝拉,贫困使他一路上竟以乞讨糊口。

皇后赞赏他的理想,并答应赐给他船只,让他去从事这项冒险的工作。

问题是,水手们都怕死,没人愿意随他一同去,于是哥伦布鼓起勇气跑到海滨,找到了几位水手,先向他们哀求,接着是劝告,最后用恫吓手段逼迫他们去。

一方面他又请求皇后释放了狱中的死囚,允许他们如果冒险成功,就可以免罪获得自由。

1492 年 8 月,哥伦布与三艘帆船一起出发,开始了一个划时代的航行。

最受读者喜爱的美文 1

刚航行几天，就有两艘船破了，接着他们又在几百平方公里的海藻中陷入了进退两难的险境。

他亲自拨除海藻，才得以继续航行。

在浩瀚无边的大西洋中航行了六七十天，也没发现大陆的踪影。水手们都失去了信心，他们要求返航，否则就要把哥伦布杀死。

哥伦布兼用鼓励和高压双管齐下，总算说服了船员继续航行。

也是天无绝人之路，在继续前进中，哥伦布忽然看见有一群飞鸟向西南方向飞去，他立即命令船队改变航向，紧随这群飞鸟。

因为他了解海鸟总是飞向有食物和适合它们生活的地方，所以他预料到附近可能有陆地。

很快哥伦布果然发现了美洲新大陆。

可以看出，如果哥伦布不去将梦想付诸实施，而是一直傻傻地等下去，必然会一生毫无建树，"空悲切，白了少年头"。美洲大陆的发现者或许就会是别人了，成功的桂冠永远不会戴在他的头上。哥伦布最终成了名垂千古之人，从美洲带回了大量黄金珠宝，并得到了国王的奖赏，以新大陆的发现者名扬天下，这一切都是坚持不懈的结果。

上面的故事告知我们：当你决定了人生的梦想之后，就需立刻为了实现它而努力，当然在这个奋斗过程中，会需要一些必要的等待，但不是一味地等待下去，否则就会虚度此生了。

美文感悟

"人生就是一顿自助餐。只要你愿意付费，你想要什么都可以"。梦想只是为我们提供了前进的方向，如果不付诸行动，那就永远只能是水中望月了。人生的自助就是"自主"，一切事情需要我们自己去打拼，去创造，去争取。尽管我们的成功有幸运的因素，但是幸运女神不会垂青于不劳而获的人。

在我们努力的过程中，我们会很容易找到自己的兴趣所在，确定自己的梦想。我们期望的成功就摆在我们的面前，但并非是触手可得。从现

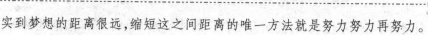

实到梦想的距离很远，缩短这之间距离的唯一方法就是努力努力再努力。

上帝赋予我们生命，那只是一个开始，并不是让我们用一生来坐井观天，不是让我们静静地等着幸运的到来，而是让我们怀着梦想用这宝贵的生命去创造些有价值的东西，为世界贡献些有意义的东西来。让我们怀着梦想去翱翔吧！

才华不代表成功

◆文/佚　名

即使你有才华，如果选不对人生的方向，仍会与成功背道而驰。

——哥伦布

一个才华横溢的人，自然会比普通人更快地抵达梦想的彼岸；但一个才华横溢的人，如果选错了人生道路，那么，他就会与成功南辕北辙。

因为有时才华并不代表成功。

要讲的这个故事，会给我们深刻的启示。

大家都听说过在我国古代有一个叫方仲永的人，在他还是儿童时期，就显示出了在诗歌方面的才华，被人们赞誉为神童。

那些有钱人家经常邀请方仲永到自己家来，一方面是为了亲眼目睹一下这位神童的才华；另一方面也是表现一下自己爱惜人才。当然，每当方仲永走的时候，那些有钱人家都会送一些钱以示心意。

方仲永的父亲是一个特爱钱财之人，他把方仲永当作了一棵摇钱树。当无人邀请的时候，他就领着方仲永主动登门拜访，以求得人家给点小钱。

由于每日跟着父亲到处跑，方仲永的学业自然就荒废了，他在诗歌方面的才华，由于没有选择一个正确的方式加以培养，也渐渐地枯竭了。

方仲永长大后，人们从他身上再也看不见一点当初神童的影子。

这个故事告诉我们：如果你没有选择一个正确的人生方向，即使你身

最受读者喜爱的美文

1

怀才华,不但不能成功,甚至会使自己的才华像方仲永那样渐渐地枯竭,最后使自己成为一个毫无作为的人。

在这个世界上,有才华而与成功南辕北辙的人,比比皆是。这是因为错误的选择,致使他们不是毫无意义地浪费了才华,就是使自己的才华渐渐地消失了。

下面的这个故事,会为我们带来更深刻的启示。

这个故事发生在 1887 年美国南部一个小镇上。一天,一位六十岁左右相貌不凡的绅士,在一家小杂货店里买了一盒香烟后,递给店员 20 美元并等待找钱。

店员接过钱放入钱匣,接着开始找零钱。突然,她发现拿过来而弄湿了的手上粘有钞票上的墨水痕迹。她惊讶地停了下来,思考该怎么办?经过几秒钟的紧张思考后,她认为,作为她的老朋友、老邻居和老顾客——伊曼纽尔·尼戈先生一定不会给她一张假钞。于是她如数找给了零钱,伊曼纽尔·尼戈便离开了蔬菜店。

过了一段时间,那个店员还是有些不安,便把那张钞票送到了警察局。毕竟在 1887 年,20 美元不是一个小数目。

一名警察确认钞票是真的;另一名则对擦掉了的墨迹极为疑惑。他们带着好奇心与责任心,来到了尼戈先生的家里。

令人吃惊的是竟然在尼戈家里,找到了一架伪造 20 美元钞票的机器,发现了一张正在伪造的 20 美元钞票;同时,他们也看到了尼戈先生绘制的三幅肖像画。尼戈先生是一名杰出的艺术家。他熟练地运用名家的手笔,认真地一笔一笔描绘了那些 20 美元假钞。他几乎骗过了每一个人,但最后命运安排他不幸地暴露在一双湿手上。

尼戈被抓后,他的肖像画被拍卖了 16000 美元,每幅画均超过 5000 美元。这个故事的奇妙之处在于:尼戈几乎用了同样的时间来画一张 20 美元假钞和一幅价值超过 5000 美元的肖像画。当然,这属于一个极端的例子。

这个故事告诉我们:即使你才华横溢,但若没选择一条正确的人生之路,那么结果依然是不能获得成功,可能还会为自己带来灭顶之灾。因此,一个人要将自己的才华投入到正确的方向上来,都会最终使自己受益。

美文感悟

才华自然重要,但才华不代表成功。才华是前提,成功除了需要才华,更需要能力。能力可以让我们选择正确的发展方向,能为我们的才华提供施展的平台。

如今的这个时代造就了很多才华横溢的精英,他们以自身卓越超群的能力担当着各个领域的先锋,尽显才华。然而仍有很多有才之士无用武之地,被遗忘在某个角落。导致这种差异的原因是"能力"。才华横溢的人未必能力出众;而能力横溢的人也不见得其才华出众。可见,现实的尺度使人们无意间认识到才华与能力之间的融合。

才华如同一颗饱满的种子,它需要充足的水分、阳光,需要在一个良好的环境中才能发芽、茁壮成长。而能力就如同一个玻璃瓶,为才华构造起了一个生长的纯净的环境,能使才华正确地发挥。因此,我们不但要有才华,更要有能力。

相信自己

◆文/谢　天

有一位技艺超群的杂技高手,一次,他参加了一个极为惊险的演出,此次演出的内容是在两座高山之间的悬崖上架起一条钢丝,而他的表演内容是从钢丝的这边走到另一边。

演出快开始了,包括记者、主办单位、赞助商和看演出的人群将整座山挤得水泄不通。这时,只见杂技高手走到悬在山上钢丝的一头,然后用眼睛平静地看着前方的目标,并张开双臂,一步,二步,三步……慢慢的杂技高手终于顺利地走到了另一边,此刻,整座山响起了雷鸣般的掌声和欢呼声。

"我将再表演一次,这次我将双手捆起来走到另一边,你们相信我能做到吗?"杂技高手对所有的人说。我们晓得走钢丝靠的就是双手的平衡,而他居然要将双手捆起来。虽然危险,可众人更想知道情况如何?所以都说:"我们相信你会成功的,你是最棒的!"杂技高手果真用绳子捆住了双手,然后以刚才的方式一步、两步终于又走到了另一边,"太精彩了,太不可思议了。"所有的人都报以热烈的掌声。但没想到的是杂技高手再次对所有的人说:"我还要表演一次,这次我在捆住双手的情况下再把眼睛蒙上,你们相信我能走过去吗?"所有的人都说:"我们相信你!你是最棒的!你一定可以做到的!"

杂技高手从身上掏出一块黑布蒙住了眼睛,用脚缓缓地摸索到钢丝边,然后一步一步地稳定地往前走,所有的人都屏住呼吸为他捏着一把汗。终于,他走了过去!顿时掌声雷动!"你真棒!你是最棒的!你是天下第一!"所有的人都在呼喊着。

表演似乎并未结束,只见杂技高手从人群中找到一个孩子,然后对所有的人说:"这是我的儿子,我要把他放到我的肩膀上,我同样还是绑住双手蒙住眼睛走到钢丝的另一边,你们相信我吗?"所有的人都说:"我们相信你!你是最棒的!你肯定可以走过去的!"

"真的相信我吗?"杂技高手问道。

"相信你!真的相信你!"所有的人都说。

"我再问一次,你们真的相信我吗?"

"相信!完全相信你!你是最棒的!"所有的人都异口同声地回答。

"那好,既然你们都相信我,那我把我的儿子放下来,换上你们的孩子,有谁愿意这么做吗?"杂技高手说。

此刻,整座山上变得寂静无声,再也没有人敢说相信之类的话了。

在我们现实生活当中,许多人都会说:我相信自己,我是最优秀的!可扪心自问,当我们在喊这些口号时,我们真的是否相信自己?我们是否一出门后或碰到一点不顺心的就忘记了刚才所喊的这句话呢?

只有真的相信自己，才会让别人相信你。

只有自己先被感动了，才能感动别人。

首先我们要相信自己，这样才会产生很好的想法，有了很好的想法，才会有行动的持续性，行动多了，才会形成经验，经验丰富了，才会创造出骄人的成绩，有了成绩就会更加增添信心，从而产生更好的想法，会加倍地积极地行动。

美文感悟

我们常常把希望寄予在别人身上，在自身陷入逆境时，总是把卑微的尊严给别人……每个人都会碰到挫折，胆怯、自卑的人无疑会把它当成阻碍生命的拦路栏，而摒弃自卑、找回自信的人，会把它当做成功的上升的阶梯，只有这样才能在追求中完善自我。可见，放弃自己的权利，依靠别人，并不能真正解决问题，相反，拥有了自信，那么就拥有了掌握自己人生的钥匙。伍思罗·威尔逊曾说过："要有自信，然后全力以赴——假如有这种信念，任何事情十有八九都会成功。"所以，遇事要以正确的思维方式来思考，不要完全相信你所听到的、看到的一切；也不要因为他人的批评、鄙视就轻视自己，而要摒弃自卑感和产生的压力，找回坚定的自信。

活出真我

◆文/佚　名

常言道："人生如戏"，此处的"戏"指的是戏剧的戏，不是游戏。人生如同一场真实的戏剧，剧本、排练、预演都 没有，每个人都是主角，各自在舞台上表演，我有我的个性，你有你的特点，千姿百态。所以，在人生的每个阶段，我们接触到的都是形形色色之人，而他们每个人，都是一道独特的风景，互相结伴，从生命的这一端走到了另一端。

最受读者喜爱的美文

1

你对于我来说是独一无二的,我对于你同样也是不可复制的,就好比一个人爱吃苹果,不爱吃香蕉,正因为香蕉和苹果是不同的,他才会有所偏好,当香蕉和苹果变得完全一样的时候,选择就失去了意义。

香蕉和苹果的这种差别就是自我,香蕉的色香味属于它的个性,苹果的色香味也是独特的个性,它们是不相同的,如果相同了,那香蕉即等于苹果,苹果即等于香蕉,你即是我,我即是你,你我同为一个人,那有我在,你活着还有什么意义?同样,你既然存在了,留我何用?所以,做人也罢,做水果也罢,做花花草草也罢,没有自我是不行的,失去自我就等于失去了生命的价值,如同一具躯壳一样活着,无心,无情,什么都没有了。

要活出自我不是说说那么简单的,不是说一只苹果像苹果就算有自我了,世界上没有相同的两片树叶,更不会有完全一样的两只苹果,即便是苹果,这只和那只也是完全不一样的。更何况是人,你和我、我和你总有是有区别的。陶渊明不为五斗米折腰,隐居山野,"采菊东篱下,悠然见南山",这是他的自我写照。他活得潇洒,活得精彩。如果他和那些市井无赖混在一起,整天锱铢必较,那早就被历史所遗忘,今天又有谁知道他的存在呢?

一个人活着,不一定非要轰轰烈烈、名垂青史,可以淡泊明志、宁静致远,但是一定不可以迷失自我,不可以人云亦云,不可以丧失最基本的个性,没有自己的判断。做什么不重要,做得怎么样也没关系,最关键的是要知道自己为什么做这些?追求的是什么?没有能力不可怕,可怕的是盲目,一旦陷入迷茫,到处抓瞎,有能力也无济于事。

人们一直说要寻找自我,其实自我不需要寻找,自我一直都在于我们身边,在我们心里最深之处,只是大千世界,淹没了自我,动摇了心灵的根基。活出自我,要懂得坚持,学会执著,在心中为自己保留一块净土,播种自己的希望。清水出芙蓉,天然去雕饰,自我不需要刻意改变什么,顺其自然为佳。

人生如戏。每个人都是主人公,不要去效仿谁,我就是我,你就是你,好好地活着,为自己活着。有了梦想就应大胆地追求;失败了也不要轻言放弃,随它花自飘落水自流。郑板桥说:"千磨万击还坚韧,任尔东西南北风。"活出自我,何需彷徨。

美文感悟

　　每个人都是平等的,都拥有属于自己的生命。但是你不一定活出了自我,可能你常常被其他人左右,我们应主宰自己。彰显个性是展示自我的方式。我们应把自己独具特色的一面展示给大家,让大家认可自己,而不要一味地模仿他人;更无须根据他人的眼光和标准来判断甚至约束自己,要表现自我本色。因为只有敢于活出自我本色的人,才能成为生活真正的主角,成为自己命运的主人。

拿得起,放得下

◆文/谢　天

没有放弃就没有选择,没有选择没有发展。

——爱迪生

　　人生的风景不是只有一处如诗如画的,他处风景可能会更加令人陶醉。

　　在你失落的时候,你应该仔细地品味这句话所蕴含的哲理。浏览成功人士的历史,你便会找到可以借鉴的例子比比皆是。

　　生命中不是仅有一处最炫丽夺目的,包容过去,融通未来,创造人生新的明天,人生会变得更加明媚和迷人。

　　认真思考自己该怎样生活、怎样与人相处,永远不觉太早或太晚。未雨绸缪不仅不会有损失,反而使人获益非浅,你一定要让思想尽兴地展翅高飞,飞得越高,望得才会越远,视野会更宽阔,才会走出眼前狭窄的疆界,突破已有的成见。

　　现在就迈出新生活的第一步,而对自己的过去,没有必要总是不能释怀的,是好是坏均已成为过去,且将其看做一张白纸,你心中就不再有埋怨与愤恨,生活的一切都会平稳顺利。

如果你认为一个人来到世上是要有所作为的,那就更应重视自己的存在。每个人的生命都是不平凡的、富有创造力的,只不过我们总是忽视这一点。生活中永远存在着体验与成长的机会,即便身处绝境,不也正是开创新天地的大好时机吗?

如果你总是沉浸在过去的回忆里,那就是在浪费生命。选择什么样的生活是你自己的权力,这是别人不能替代的。如果此处的生活让你心情不快乐,也不成功,何不尝试去改变,去另辟蹊径呢?

有的人坚持着"矢志不渝"的思想,握着最初的道路不肯放手。如果你坚信这条路是正确的,可以坚持下去;如果从实际出发觉得有问题,应当毫不迟疑地退回来,另走他路。

不要因一件事情未成功,就轻视自己的能力,许多人之所以没有最后取得成功,大多是因为轻看自己,或者是方向不对。其实,每个人都有很大的发展领域。这时,你应当重新审视自己是否应当改弦重张。

固守一处,看不到希望,会使你失去发展的机会,失去可能的成功。

例如,蒲松龄由于当时科举制度不严谨,科场中贿赂盛行、舞弊成风,他四次考取举人都落第了。

最后他放弃了"科考"这条可以使自己走上仕途的道路,而选择了著书立说的这条人生道路。他立志要写一部"孤愤之书"。他在压纸的铜尺上镌刻了一副著名的对联,上书:

有志者,事竟成,破釜沉舟,百二秦关终属楚;

苦心人,天不负,卧薪尝胆,三千越甲可吞吴。

蒲松龄以此自敬自勉。后来,他终于写成了一部文学巨著——《聊斋志异》,自己也成了名垂千古的文学家。

蒲松龄虽然科举落第,与仕途无缘,但他却找到了成就自己的另一条道路。在这条新开辟的道路上,他获得了成功,也为后人留下了宝贵的精神财富。像他这样的例子在历史上还有很多。

由此可见,人生并非只有一处灿烂,天涯何处无芳草,别处风景可能会更加吸引人。站在特定的位置上,审时度势,做出你的选择,找到你真正的生活目标。因此,你有时须从另外一个角度看待自己,重新找回自信心,你会发现自己有越来越多值得欣赏的地方。

唯有充满信心,才能真正认识自己,方能注意到生命中许多微妙的层面,拓宽视野,抓住成功的机遇,走向生命的开阔处。

法国哲学家、思想家蒙田说过:"今天的放弃,正是为了明天的得到。"

在这个世界上,为什么有的人活得轻松,而有的人却活得沉重?前者是拿得起,放得下;而后者是拿得起,却放不下,所以沉重。

所以,人生最大的包袱不是拿不起来,而恰是放不下。

所以,有人说:人生最大的选择就是拿得起,放得下。只有这样,你才会活得轻松而幸福。

朋友,一个人在生活中,拿得起是一种勇气,放得下是一种肚量。对于人生道路上的鲜花和掌声,有处世经验的人大都能等闲视之,屡经风雨的人更有自知之明。但对于坎坷与泥泞,能以平常之心视之,就实属不易了。大的挫折与灾难,能不为之所动,能坦然承受,这则是一种胸怀和容量。

佛家以大肚能容天下之事为乐事,这便是一种极高的境界。既来之,则安之,便是一种超脱;但这种超脱,又需多年磨练方能形成。

生活有时会对你施加压力,使你不得不交出权力,不得不放弃机遇,可能还要失去爱情。你不可能所有的一切都得到,所以,在生活中要学会放弃。

现实生活中,经常出现的不是拿不起来,而是放不下。我们手中的东西都不愿丢掉,却又要拿起更多的东西。

苦苦地挽留夕阳的,是傻子;长长地感伤春光的,是蠢人。什么也不肯放弃的人,常会失去更珍贵的东西。

做大事业者不会为一时的得失而耿耿于怀,他们都懂得放弃,知道该放弃些什么,如何去放弃。放弃,你就可以卸下包袱轻装前进;放弃,可以使你丢弃烦恼和纠缠,使全身心地沉浸在轻松悠闲的宁静之中。

最受读者喜爱的美文 1

最受读者喜爱的美文

1

放弃可以使你的形象焕然一新,使你显得豁达豪爽;放弃可以帮助你赢得众人的信赖;放弃会使你变得更加聪慧,能力倍增,更有魄力。

学着放弃吧!放弃失恋的痛苦;放弃屈辱留下的仇视;放弃心中一切难言之隐;放弃耗费精力浪费时间的争吵;放弃对权力的争夺;放弃对名利的角斗……凡是不重要的、枝节的、多余的,该放弃的都应放弃。

拿得起,已很难得;放得下,才是人生处世之精髓。

只有肯放得下,才能将该拿得起的东西更有力地把握住,从而抓住最重要的东西。只有这样,你的人生才会拥有一个更完美的结局。

美文感悟

"拿得起,放得下"是人生经典名言。

若想拿起更多,必须先学会放下。否则你将会失去更多、更美好的事物。

填补时间空白

◆文/佚 名

一个人可能努力劳作十年,依然默默无闻;有朝一日,却在十分钟之内一举成名。

——鲍勃·里普利

所有人都有自己的理想、自己的决定、自己的追求。但当你有了追求和理想之后,而不付诸实施,即便你是一个天才,也会因未遇伯乐而被埋在人间之中。

因为如果想实现目标,只有在付出努力的过程中,机遇才会降临你的身边,才可以使你尽展你的才华,并且助你踏上成功之路。

作家萨默塞特·毛姆的故事,就是一个极好的例证。

　　尽管萨默塞特·毛姆毕业于医学院，但他却心有旁骛，一心只想写小说。他一直想找个从事写作的工作来维持现实生活，但未能如愿以偿。

　　十一年来，他的作品一次次地被编辑们打入冷宫，可是他依然不懈地坚持写作，一如既往地向所有可能的地方投稿。

　　他就像一个抛出了许多钓线的钓鱼者，一直在期盼会有咬钩的鱼出现。

　　毛姆有一个戏剧作品被闲置在伦敦一家剧院经理的办公桌上。那个剧院新近的一出戏演砸了，经理急需找点别的材料来填充一时之需。

　　于是，他在办公桌上到处翻寻、捡出了萨默塞特·毛姆的《弗雷德里克夫人》。这个剧本在桌子上已经放置一年了，对经理而言，这实在算不得什么戏剧，但由于演出不能停下，无奈之下只得以此剧来"补时间空白"。

　　结果《弗雷德里克夫人》竟然一夜走红。

　　一时间，伦敦各剧院纷纷争相上演毛姆的戏剧，出版商竞争地向毛姆约稿，酬劳源源不断地流入毛姆的口袋。一月之内，毛姆步入了上流社会，金钱、名望、声誉一下子都有了。

　　接下来的一切便是历史了，此处无须赘言。

　　萨默塞特·毛姆成功的故事告诉我们：如果你准备实现自己的人生追求和理想，就不应放弃自己的选择，同时更不应放弃为之付出的所有的努力。只有这样，实现人生追求和理想的机遇，才会有一天最终降临在你的头上。

　　当每个人选择了梦想之后，都希望着自己有一天能把梦想变成现实，并享受那一份成功给自己所带来的喜悦。

　　可是，梦想与现实总是有距离的，如何把这种距离"缩短"，以至最终的"抹掉",让成功降临在自己的头上?这需要你在选择了梦想之后,付出努力,因为努力与获得成功的概率是成正比的。

炸药大王诺贝尔说:"成功在于你付出了多少努力。"

世界游泳冠军摩拉里的成长故事,也充分说明了努力在人生中的重要作用。

在很小的时候,摩拉里就十分喜爱体育,尤其对游泳的比赛更是痴迷,从那时起他的心中就充满了梦想,梦想着即将到来的鏖战时刻。

1984 年的洛杉矶奥运会前夕,摩拉里已经有幸跻身于最优秀的参赛运动员之列。令人遗憾的是,在赛场上,他发挥欠佳,仅获得一枚银牌,与冠军擦肩而过。但此时的他并没有气馁,更以加倍的努力,把目标锁定在了 1988 年的韩国汉城奥运会。

可是在汉城奥运会预选赛上,他又失败了。跟大多数人们受挫情况下的反应一样,他变得沮丧,把体育的梦想深埋心中。有三年的时间,他很少游泳,那成了他心中永远挥之不去的伤痛。

然而,在摩拉里的心中,夺取奥运会金牌的梦想始终没有消失。

在离 1992 年夏季奥运会还不到一年的时间时,他决定再次一搏。在属于年轻人的游泳赛事中,三十多岁的人就算是高龄了,摩拉里久已脱离体育运动;再去百米蝶泳的比赛中与那些优秀的选手们拼搏,简直就好比是拿着枪矛戳风车的唐·吉诃德一样,被人嘲笑。

在预赛中,他的成绩比世界纪录慢一秒多,因此,在决赛中他必须全力以赴,他努力地为自己增压加油。

果然在游泳池中,他的速度是出人意料的快,超过其他的对手而一路遥遥领先,他不仅夺得了冠军,还破了世界纪录。

一个人的内心中蕴藏着无限的能量,若是自甘沉没,放弃努力,就会使自己的才能淹没在大千世界中。

美文感悟

"填补时间的空白"。怎样去填补?文章告诉我们两个字:坚持。只要坚持努力，终有一天能够达到自己梦想的彼岸。

文中叙述了一般人在夺取成功的道路上多多少少都会有放弃的心理。然而正是主人公不懈的坚持，使它美梦成真。

成功就是将简单的事情重复做

◆文/佚 名

应行业协会和社会各界的邀请，全国著名的推销大师，将在该城中最大的体育馆做告别职业生涯的演说。

那天，会场座无虚席，人们正在热切地、焦急地期盼着那位当下最著名的推销员进行精彩的演讲。当大幕徐徐拉开，舞台的正中央吊着一个巨大的铁球。为了这个铁球，台上搭起了高大的铁架。

一位老者在人们热烈的掌声中，走了出来，站在铁架的一边。他身着一件红色的运动服，足下是一双白色胶鞋。

人们好奇地注视着他，不知道他将做出什么举动？

这时，两位工作人员抬着一个大铁锤，置于老者的面前。主持人这时对观众讲：请两位身体健壮的人，到台上来。好多年轻人站起来，转眼间已有两名动作迅速的跑到台上。

老人这时开口和他们讲规则，请他们用这个大铁锤去敲打那个吊着的铁球，直到把它荡起来。

一个年轻人抢先拿起铁锤，拉开架势，抡起大锤，奋力砸向那吊着的铁球，随着一声震耳的响声之后，那吊球纹丝未动。他就用大铁锤不停地砸向吊球，很快他就气喘吁吁。

另一个人也不示弱，接过大铁锤把吊球砸得叮当响，可是铁球依然一动不动。

台下的呐喊声越来越小，观众好像认定那是没用的，就等着老人做出什么解释。

会场恢复了安静，老人从上衣口袋里掏出一个小锤，然后认真地面对着那个巨大的铁球。他用小锤对着铁球"咚"敲了一下，然后停顿一下，再一次用小锤"咚"敲了一下。人们奇怪地看着，老人就那样"咚"敲一下，然后停顿一下，就这样持续地做着。

十分钟过去了，二十分钟过去了，会场开始有所骚动，有的人干脆喊出脏话起来，人们用各种声音和动作发泄着他们的不满。老人仍然用小锤不停地工作着，似乎身外发生的一切与他无关。人们开始愤然离去，会场上出现了许多的空缺。余下的人们好像也喊累了，会场慢慢地安静下来。

大概在老人进行到四十分钟的时候，坐在前面的一个妇女突然尖叫一声："球动了！"刹那时会场立刻寂静无声，人们全神贯注地盯着那个铁球。那球以极小的摆度动了起来，不仔细看极难察觉。老人仍旧一小锤一小锤地敲着，人们好像都听到了那小锤敲打吊球的声响。吊球在老人持续的敲打中越荡越高，它拉动着那个铁架子"哐哐"作响，它的巨大威力强烈地震撼着每一位在场的观众。终于场上爆发出一阵阵雷鸣般的掌声，在掌声中，老人转过身来，缓缓地把那把小锤放进兜里。

老人开口说话了，他仅说了一句话："在成功的道路上，若没耐心去等待成功的到来；那么，你只能用一生的耐心去面对失败。

美文感悟

成功，对于大多数人而言是个神圣而高不可攀的字眼，大部分人觉得成功很难，于是就半途而废了，而事实上，成功归根结底就是坚持。即需要铁杆磨成针式的精神和水滴穿石的功力，做事不能光凭一时的激情，因为成功之路的确是遥远而艰辛的，而我们每个人都不是孙行者，一个跟头翻过早已是十万八千里开外；所以我们只能做脚踏实地的唐僧，凭借毅力在成功之路上不断地跋涉，稳扎稳打取得这场攻坚战的胜利。

成功是需要时间考验的，成功之路是广阔的，人人都有成功的机会，随着时间流逝，那些缺乏耐心的人就会被淘汰。如同在淘金过程中，那些毫无价值的沙子和泥土会被逐渐淘出去,最后留下的才是那些光彩夺目的真金。

成功就是这样从简单开始,以耐心和毅力达到令人称赞的结果。

五句话足以改变人生

◆文/苗桂芳

第一句话是:优秀是一种习惯。

这句话是古希腊著名哲学家亚里士多德说的。若说优秀属于一种习惯,那么懒惰也属于一种习惯。人降临人世间的时候,除了秉性会因为天性而有所区别,其他的东西大都是后天形成的,是家庭教育和影响的结果。所以,我们的言谈举止都是长年累月形成的习惯。其中一些人形成了良好的习惯,一些人形成了很坏的习惯。所以我们从现在起就要把优秀转换成一种习惯,使我们的优秀行为习以为常,变成我们的第二秉性。让我们习惯性地去创造性思维;习惯性地去认真做事情;习惯性地对别人和善;习惯性地欣赏大自然。

注解:要学会"装",要持续地、不停地"装",时间久了就成真的了,就变成了习惯了,比如准时到会,每次都按时到会。你"装装"看,你"装"30年看看,"装"的时间长了就形成了习惯。

第二句话是:生命是一种过程。

事情的结局固然重要,但是做事情的过程更为重要。因为结局好了我们会更加愉悦,但过程让我们的生命更加有意义。人的生命最终的结局一定是死亡,我们不能因此说我们的生命毫无意义。世上永恒的东西极少。大学生谈恋爱,每天都在山盟海誓地说我会爱你一辈子,其实这是不真实的。统计数据表明,大学生谈恋爱的100对里,有90对最终以分手来结束感情,最后结婚了的还有一半会离婚。你说爱情能永恒吗?所以最真实的说法是:"我今天,此时此刻正在真心地爱着你。"明天也许你会失恋,失恋后我们会体会到失恋的伤痛。这种体验也是丰富你生命的一个过程。

注解:生命本身其实是毫无意义的,只是你自己赋予你的生命一种你希望实现的意义,因此,享受生命的过程就是一种意义所在。

第三句话是:两点之间最短的距离并不一定是直线。

在人与人的关系以及做事情的过程中,我们很难一帆风顺地就把事情做好。有时需要我们等待,有时需要合作,有时需要技巧。我们做事情会碰到很多困难和阻碍,有时并不要求我们一定要硬挺、硬冲,我们可以选择绕过困难去,绕过阻碍去,可能换一种方法做事情会更加顺利。大家想一想,我们和别人说话还得想想哪句话更易打动人呢。尤其在中国这个比较复杂的社会中,大家要学会想办法谅解别人,要让人觉得你成熟,容易相处,你才能把事情做成。

注解:如果你在做数学试题时,一定要答两点之间直线最短。如果你在走路,从 A 到 B,明明可以直接过去,但所有人都不走,那么你最好也别走,可能会有陷阱。在中国办事情,直线性思维在很多地方会变到碰壁,这是中国特色的中国处事智慧。

第四句话是:只有知道如何停止的人才知道如何加快速度。

我在滑雪的时候,最大的体会就是无法停下来。我刚开始学滑雪时,看着别人滑雪,觉得很容易,就没请教练。不就是从山顶滑到山下吗? 于是我穿上滑雪板,哧溜一下就滑了下去,实际上是我从山顶滚到山下,摔了数不清的跟斗。我发现根本就不知道如何停止、如何保持平衡。最后

我反复练习怎么在雪地上、斜坡上停下来。经过一个星期的苦练,我终于学会了在任何坡上停止、滑行、再停止。这个时候我就发现自己会滑雪了,就敢从山顶高速地往山坡下冲。因为我清楚只要我想停,一转身就能停

下来。只要你能停下来,你就不会撞上树、撞上石头或人,你就不会被撞死。因此,只有知道如何停止的人,才知道如何高速飞驰。

注解:以汽车来比喻,宝马时速可以达200公里,奇瑞却只能达120公里,为什么?发动机应该相差无几,差距在于刹车系统,时速达到200公里刹不了车,呵呵,我的天!

第五句话是:放弃是一种智慧,缺陷是一种恩惠。

当你拥有六个苹果的时候,千万不要把它们都吃掉,因为你把六个苹果全部吃掉,你也只吃到了六个苹果,只吃到了一种味道,那就是苹果的味道。如果你把六个苹果中的五个拿出来分给别人吃,表面上尽管你丢了五个苹果,但实际上你却得到了其他五个人的友情和好感。以后你还能得到更多,当别人有了别的水果的时候,也一定会和你分享,你会从这个人手里得到一个橘子;那个人手里得到一个梨,最后你可能就得到了六种不同的水果;六种不同的味道;六种不同的颜色;六个人的友谊。人一定要学会以你拥有的东西去换取对你来说更加重要和丰富的东西。所以说,放弃是一种智慧。

注解:我的个人原则是,每一次放弃都必须是一次升华,否则放弃就失去了意义;每一次选择都必须是一次飞跃,否则毫无意义可言。做人最大的乐趣在于通过奋斗来获得我们想拥有的东西,所以有缺点意味着我们可以进一步完善,有欠缺之处意味着我们可以加倍地努力。美国有一部电视片,讲的是一位富翁给后代留下了巨额的遗产,他的后代结果都变成了吸毒的、自杀的、入监狱的或者精神病患者。怎么会这样呢?因为这位富翁为自己后代留下的财富数不尽,导致他们不需要努力就可以获得一大笔财产。拥有了一大笔财富,就几乎可以买到一切。所以,当一个人什么都不缺的时候,他的生存空间就不存在了。如果我们每天清晨醒来,想到自己今天少点儿什么,想到自己还需要持续完善,想到自己还有追求,这是一件多么令人兴奋的事情啊!

最受读者喜爱的美文 1

美文感悟

五句听起来很普通的话,却在你的人生中起到了不可忽视的作用。这五句话有的在教我们如何奋斗;有的在探讨生命的真谛;有的在教我们与人相处的哲学;还有的是教我们如何面对缺陷和取舍之间的联系。猛听起来语不惊人,细细品味才能觉到其中不同之处。这五句话中蕴含了太多的人生哲理,经作者论述一些老观点又会产生出许多新的解决问题的思路。例如:优秀是一种习惯。内心高尚自然会使我们变得优秀,作者提出"装"优秀也未尝不是办法,因为"装"时间一长便会使装的内容变成习惯,那么,我们为什么不可以"装"优秀呢?这似乎有些贬低了"优秀"的了身份,其实也未尝没有好处,使优秀离我们更近了,大家都有信心使自己变得更优秀,难道不是好事一件吗?

因为相信所以得到

◆文/佚　名

只要我们善于挖掘自己的潜力,每一个人均有机会、有能力,来得到自己想要的一切。

世上果真存在着幸运之神,常常会帮助人实现理想吗?

想象大海是多么的丰富,海中所蕴藏的一切人人都可以得到,决定在于你手中拿着什么样的器具来盛载,是一支汤匙?一个有漏洞的纸杯?一只铝罐?一只木桶?一张大网?还是一个联通这个富裕海洋的巨管?

倘若你向四周望去,不管有多少人位于这丰富的大海上,也有无数的东西可以给予每个人。所以不必互相争抢,因为谁都没有可能把海里的水抽干。

我们的盛载器具,就是我们的潜意识,我们随时都可以更换一个更大

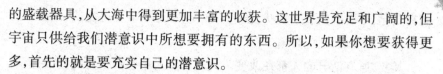

的盛载器具,从大海中得到更加丰富的收获。这世界是充足和广阔的,但宇宙只供给我们潜意识中所想要拥有的东西。所以,如果你想要获得更多,首先的就是要充实自己的潜意识。

人的潜意识就好比是一个银行,当你意识到自己有更多的创作能力,你就是在意识银行中加入了更多的存款。静坐、医疗、肯定一切,都是意识的存款,我们要养成每天在银行中放入存款的习惯。

当你事业已经获得成功、拥有了很多财富的时候,你要会运用、享受财富,并对人和社会进行布施。不要执著于金钱,金钱的唯一目的就是为使别人和自己得到幸福。如果你完全不动用金钱,那么你能做些什么?拥有什么?

不要限制自己,不要认定自己只能有某个数量的收入或者工资。你的收入或者工资,只是某一条通路,它并不是总的来源。你有总的来源,那就是整个宇宙。

人生之路可以有很多条。我们要让自己的视野打开,来迎接这些路。我们要在潜意识中接受:金钱可以从许多不同的路获得。

相信自己是一个能力无限的人,正走在一条广阔无边的道路上,将接受四面八方的来源。

人人都应该留心周围的富裕环境,而且要能为富裕而高兴。我们不要奢望人家给我们东西,我们要能给别人东西,更要能给自己东西。

生命有一种自然的韵律,物质来到我们身边,也会自然地离去。当它们离去时,是因为它们要去另外更好的新地方。

对于别人的赠予、赞赏甚至布施,我们都要学习欣然接受。当人家给我们什么的时候,我们应该微笑地说一声谢谢。要是人家赞赏你,你也可以怎样回报。这样,就好像互相交换了物品,使赞美得到了流通。

我们要在每一个早晨,快乐地迎接新的一天。因为活着有健康、有朋友、有表达创作的能力而觉得高兴。我们每一个人,都要展示生存的快乐和意义。每一天都要全心全意去享受生命,使生命的旅程向上发展,并且努力摆脱贫困。

总之,改变是需要的。我们的周围每一刻都在改变着,人的机能也时

刻在变化,不要想执著于现状,丝毫不改变,那是根本不可能的,因为人总是要去适应生命,适应环境。

其实,所有活着的人都在改变。只是有些人稍感到不对就会改变;有些人总要等到大事不好时,才会去改变。

一部机器需要加油时,就应马上为它加油,自然要比机器用坏了,要拆开修理省劲得多。人在使用机器时,能及时加油保养最好;用坏了再修,只会花更多的时间、精力和金钱。如果听其自然,完全不加理会,那么机器就只会变成一堆废铜烂铁,对你毫无用处了。

想一下机器、还有你自己,你曾为机器加过油吗?你曾为机器修理吗?你曾为自己去求取改进吗?当你确定了需要改变时,首件要做的事,就是去"实行"。

要怎样实行改变呢?首先想一想,在你的生命中有哪一样是急需要被改变的?考虑好之后,不妨走到镜子前面,看看镜子里的自己,默默地告诉自己:我现在已经知道,所有令我不满意的情况,都是我本人制造出来的,所以我一定要改变,把我所有不好的想法、做法都改掉。而且你一定要在自己的心里这样告诉自己,一遍、两遍、无数遍。

我们的一举一动、一言一行,都能与外界发生感应,产生影响。而我们自己最大的力量,就是在"当下"。不要害怕改变,你的意念实为一样工具,人在精神方面,不止只有一样意念那么简单,意念以外,还有很多未发掘出来的智能和力量。

你可能会觉得你的意念操纵你一切的活动,我们一向以为如此,也习惯了让自己的意念这样想。只是这样一来,你的意念就自然认为,它法力无边了,它要怎样你都必须言听计从。其实,你可以驾驭自己的意念。

你的意念成为你的工具以后,你要怎样使用它都可以,你现在使用的意念只是一个习惯

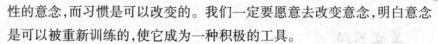

性的意念,而习惯是可以改变的。我们一定要愿意去改变意念,明白意念是可以被重新训练的,使它成为一种积极的工具。

暂时把你的思想意念停顿一下,去真诚地想一想这个概念:我的意念能成为我的工具,我怎样去使用它都可以。

你决定了新的思想,在你的将来便会实现一切;如果你坚定地认为自己不能改变坏习惯,那么,这也会成为你的事实。所以,我们应该明智地使用意念这个工具,清楚地告诉自己:我觉得,我是可以改变的,而且这个改变会越来越容易。有位长期患失眠症的人,她一直以来都放任自己上床以后,就把白天所经历的事在枕上反复琢磨;如果有人刺激了她,她就更要一遍、两遍地重温当时的情景,思前想后、痛定思痛、无休无止。所以,她半夜总是睡不着,一夜没合眼的现象时常发生。她以为她只能如此,因为,思想和睡眠都不受它的控制。后来,她控制自己的意念,一上床便告诉自己:要想明天再想,我的脑子现在要休息。每次思潮涌来时,她都一下把它推开了去。这个例子告诉我们:在我们的内心,有一种很大的力量,以前我们并没有去发挥,等到有朝一日发挥它的威力,就会知道改变简直毫不困难,一旦跨出第一步,以后真的会越来越容易。

人们常常会误解,以为是意念在控制自己,自己拿自己没有办法,怨也无济于事,这真是大错特错。事实上,我们可以控制我们的意念,可以像使用工具一样地使用它们,只要你不和坏习惯妥协即可。如果你放任自己,老是认为改变是多么的困难啊!你的控制力就会失去。所以一定要对自己说:我的一切都掌控在我自己手里,凡事均可做到,别人能够做到的,我也可以。

即便注定要受苦,也可以用意念来改变。所谓:祸福无门,唯人自招,你是想招祸?还是想招福?那么你的作为,就会成为招福或者招祸的直接依据。

当一个人相信自己时,生命总是会有回报的。因为相信,所以得到。

最受读者喜爱的美文 1

美文感悟

思想主导行动。你的举止会将你的潜意识毫无遮拦地展示出来。

作者说："当一个人相信自己时，生命总是有回报的。因为相信，所以得到。"

对于作者所说的这句话，我深有感触，因为我有许多类似的经历。还记得在中考之前，每天晨读的时候，英语老师总会让我们大声说一遍 I can do it。起初我们并不十分清楚老师的用意，只是感到大声说过这句话之后会觉得倍感自信，产生了一种为了梦想坚持到底的勇气。老师说这是一种自我激励的方法，给自己积极的心理暗示，就会让自己变得信心十足。之后的每一次考试前我都会如此激励自己，我坚信付出就会有回报，所以坚信自己一定能行！

不要奢望会有幸运之神来帮助你，真正能帮助你的只有你自己，关键在于你是否有一个坚定的信念。但丁说过一句名言："在生活中没有信仰的人，犹如一个没有罗盘的水手在浩瀚的大海里随波逐流。"在我看来生活就好比这片大海，相信自己，给自己一个信念，这样才能明确前进的方向，即便是"长风破浪会有时"，你也会有"直挂云帆济沧海"的胸怀。

我将永远记住这句话："因为相信，所以得到。"

拥有创意才能独特

◆文/苗桂芳

创意，代表的是一种活跃式的思维；创新，就是要标新立异。

所谓的创意，一般泛指一种新的设想或新的想法，它必须符合三大条件：原创性、可行性与影响性。特别重要的是，它们必须能对企业的运作方式有一定的影响——不管是指产品改良还是流程上的创新，至少它们并不局限在营销或产品研发部门的行为上。

创意和创新是有区别的,但在大部分情况中,创新的主要成分是创意的构成;或者说,创意经过创新程序的充实与整合之后,才能转变为某种具体的创新成果,为企业带来价值的创造。事实上,提起创新,还是有不少人对于它有某些不解。例如,有人认为创新必然是由新科技所带动的。事实上,固然有许多创新的确如此,但也有某些事业观念的创新,与新科技毫无关系。然而,在革命时代,创造新财富的不是知识,而是敏锐的洞察力——能够发现创新机会的洞察力。

管理大师哈默尔(Gary Hamel)说:硅谷精神不是"e"(电子商务),而是"i"(imagination 想象力,innovation 创新)。

不创新,即消亡,不仅仅是口头上的一种口号,同时,更值得注意的是:什么才是真正意义上的创新?

不创新,无法持续保持竞争优势。因为要创新,就必须让各种的想法和观点相互撞击、激荡。因为,不断的创新才会带来不断的机会,只有不断的进步,才不怕被人抄袭和效仿。

你不用担心别人来抄袭你的创意,重要的是,自己要不断的进步,并培养独特的敏锐眼光,才能寻觅到未来的市场发展。归纳成功人物的特质,可以发现,他们都具有扭转逆势的特质,例如:勇于创新、接受挑战、把握机会、敢于设想、找出问题、主动解决、积极乐观、不轻言放弃、敢于从错误中找出问题所在、了解自己、务实不贪心等种种优点。

成功之前,要先学会面对失败,是卓越工作人的必修功课。如果抓住机会需要勇气,拒绝利诱则需要更大的智慧。曾任扁帽创意总监的漫画家水瓶鲸鱼,做扁帽之前,水瓶鲸鱼成功行销包装过伍佰、陈升、林忆连、任贤齐等歌手。离开滚石唱片后,面对类似的重金邀约,她认为宁可少赚一点钱,也要做自己感兴趣的事,并且要把口碑做出来,这样才不违背之前放弃高薪工作的初衷。因为不贪心,懂得取舍,水瓶鲸鱼后来更以扁帽旋风赢得外界的肯定。因为心再大,也不能超出自己的能力底线。

从平凡中,才能追求卓越。星巴克(starbucks)创办人霍华·舒兹(HowardSchultz)从小因为父亲跛脚失业,曾过着三餐不济的日子。他在

最受读者喜爱的美文　1

自传里说:出身越卑微的人,越会以想象力和创造力来力争上游。许多成功的人物,都没有家财万贯或骄人的学历,却以一己之力,开创出不平凡的成就。

总之改变是必需的。改变代表一种突破、一种变革、一种不屈就的姿态。有创意,才能吸引别人的目光;有创意,才会变得独特。创意,就是成功的重要元素。

创新与创意虽只一字之差,但是,创意也是某一种的创新。企业要不断成长,创新就十分重要。然而,创新的成本极高,失败的机率也很大。台湾若要追求下一阶段的经济持续成长,当以创新与知识为核心,意即在价值活动上从制造活动转向创新活动,在生产要素上从劳动力资本转换成知识资本。换言之,从制造台湾转变成创新台湾或知识台湾,将是台湾产业艰难持行但必走的一条路,要如何厚植社会的创新能力,则是大家所共同关注的课题。创新的具体内涵,各个学者有不同的诠释。其实,我们可以分为创意、创新与创业三个不同的概念与阶段。

所谓创意,指的是所有独具特色、新颖、适当、有价值的观念、想法或作品,它可以是一个生活上的点子、一项科学上的发明或是一种艺术的创作。创意的产生主要依赖个人的创造力。创新是指将创意形成具体的成果或产品,能为顾客带来新的价值,且得到公众认可。创业则是创新能够形成新的产品标准或新的经营模式,同时汇聚足够的资金而让其持续存在着。从另一个角度来看,有人追随应是创业的具体指针。任何一项创

意,只有经过创新与创业的阶段,才能真正称为一项成功的创举。创意无所不在,所谓人人有创意,处处有创意。创造力绝不是少数精英所独享的特质,尤其在企业中,这个观念更该推广。创意并非研发或行销企划部门的专利,新的管理方式或推广活动,同样值得鼓励与称许。

创意可以发生在周围的每一个角落。发明家爱迪生手下的技师为了避免实验用的灯泡一度地从灯座上摔下来，灵机一动将煤油瓶上的螺纹盖用在灯座上；锐步公司在设计连续体公司的协助下，借用充气式夹板、医疗点滴袋，以及诊断设备使用的小型帮浦和阀门，推出锐步充气式运动鞋。这些例子都说明，周围现有的旧点子，如果善加利用，都可能衍生出很好的新构想与新用途。

当然在现代社会中，要产生有价值的创意，绝对不能只是凭借着灵机一动，而必须以厚植知识为基础。学者的学术创作发明以既有的知识为基础；企业中许多新的行销活动或新产品开发以系统的市场调查或访客资料的分析采撷为基础。信息、知识与灵感是创意产生过程中不可缺少的必要条件。创意，要能直接打动消费者的心，才会带来商业价值。许多成功的案例显示，企业把社区需求视为机会，借以发展各种构想和展示企业科技、寻找和服务新的市场，并解决存在已久的问题。创意需要以知识为基础，掌握基本的原理、原则，才能够大幅缩短创意的酝酿形成时间。但创意绝非局限于科技，亦非呆板的问题解决过程；能贴近顾客的心，关心顾客的喜怒哀乐，才能有突破性的创意产生。

科技始于人性，创意始于人文。

创意来自灵机一动，而灵感往往来自工作的投入与自在的心境。全心投入工作才能深刻体会顾客的关注点，这是创意来源的基本条件。但如果工作的压力太大，则除了有效率外，在创意上很难有重大的突破。因此，除了认真工作，还需要有一份从容优雅的自在，让工作过程中有学习、成长与成就的感觉，有这样的心境，才会有创意。创意的点子虽然大多出于个人，但是，组织里的氛围往往是激发创意更重要的关键因素。有挑战性的工作内容、自主性高的工作条件、舒适悠然的工作环境，以及相互支持鼓励的工作伙伴，都能让一个看似普通的个人，有了源源不绝的创意动能。换言之，创意不单单是依靠一个人的灵机一念，更要依靠团队或组织的团体创造力。创意的构想必须靠具体实践，才能带来新的价值，同时，也得到公众的认可，才能称之为一项真正的创新。因此，创意之后所引发的行动，才是创新是否成功的要件。

最受读者喜爱的美文

1

许多创意点子看起来很好，构想亦能引起共鸣，但常空于闲谈，而不见行动，最常听到的答案就是：兹事体大。为了让创意能够落实，应该建立实验精神，让创意能在一个较独立的空间中局部测试，了解其可行性；若确实可行，再进行大规模运作，每一家企业的创新能力，都应以实验为中心内容。任何一个创新组织都需要一套有效的实验系统来协助决定应该追求哪些构想。这个系统越迅速有效，创意的构想就可以越快地变成可以运作的实体或原型，创新成功的可能性就越高。不要将创意的产生视为高不可攀，亦不能任由创意构想成为海市蜃楼。从撷取巧思、丰富创意构想到促进创意交流，都应视为一项常态性的工作。而知行合一、实验精神应是每个创意人的基本态度。将创新的成果转换成一种可长可久的事业是一项更大的挑战，其中的困难障碍都要逐一克服。研发一项成功的新产品，需要透过细致的流程设计、厂房兴建与机具布置，才能大量生产；还要建立有效的物流系统，才能将产品交到顾客手上。一篇学术论著，需要经过更多的实证，才能验证其在不同情境下的适用性，同时还需要更多的辩证与融合才能理清新观点与既有学理之间的异同与定位，而成为长久的学派。

大千世界，每个专业领域都出现过成功创业的故事，如果用管理的专业术语来说，创业，事实上是一项十分具有创意的过程。创业者必须寻找全新且独特的营运范畴、构筑新定位所需的关键核心资源，同时形成新的事业网络与合作伙伴才能完成。要拥有独具匠心的创意，才会产生创新；有了创新的理念，你才能去进行创业，而独具特色的创意才是你生存的最佳武器。

美文感悟

"不创新，即消亡"。

创意是埋在沙子里的金子，只有热爱生活、善于发现生活的人才能获得它，当然，这些还只是雏形，你还要有知识和创新精神做后盾才能将金子挖掘出来，将其变为自己的财富。众人皆知，现代社会急需创新型的人才,我希望这篇文章能够为大家带来一些启示。

拥抱梦想,才能看见未来

◆文/苗桂芳

人类因梦想而伟大。

——美国前总统威尔逊

真正的梦想是——我们对人生的一种渴望。梦想是——我们期盼的生活方式,并非是我们想要拥有的东西。梦想是——我们想成为怎样的人,而并非是冠冕堂皇的头衔。梦想是——我们的心境,而不是外在华丽的卷标。

梦想是——我们个人发展出来的格局、视野,而不是护照中五颜六色的戳记。实践就是成就梦想最重要的动力。

有了梦想就立即把它写下来,并为它制定可实施的行动策略,只要目标一经确立,就告诉自己,绝不放弃、绝不停止,勇敢面对将要到来的所有的挫折及挑战。

从梦想进入到目标,再从目标切割成计划,要把计划安排在我们每天的生活之中,如此方可实现梦想。

有一次听见友人说:我真想再花六年的时间,回到大学去完成学位,可是六年之后我就四十岁了!

其实仔细想一下,如果他不去念这个学位,六年之后,他还会是四十岁。

如果,我们不编织梦想、不设定目标、不定计划,五年后、十年后,我们又会变成什么模样? 其实,成功与挫折都是人生不可缺少的元素。

梦想可以说是人生最大的财富。勇敢做梦的人,就是在自己的生命银行里,预先开了许多幸福的账户。

唯有努力把梦想实现的人,才能把这些帐户存满心灵的基金。

一心想要实现梦想的人，无人可以阻挡。除非是他自己先放弃。一碰到阻碍梦想的石头就投降的人，永远无法实现梦想。

在通往梦想的路上，总是会碰到阻碍前进的石头，你必须想办法将它移开。会挡在通往梦想路上的这些石头，并不是别人设下的路障，而是自我设限的难关。

所谓的梦想，并非偶然做梦时才想一想的画面，它是你真心期待一定会实现的想法。阻碍梦想第一颗最大的石头就是：怀疑梦想。

如果一开始就抱着不会吧！我哪有那么好的运气？我恐怕是白日做梦吧！这些负面的想法，等于还未踏上梦想之路，就将自己淘汰出局。

什么惊天动地的困难，其实，都只是存在于自己内心种种自我的否定罢了。

在实现梦想的过程中，除非你自己，否则没有人能真正为难你。拥有梦想的人，会比没有梦想的人，更加坚强、更加勇敢，也更有力量。

我们做每一件事情，都可能会碰到挫折。但一心为了实现梦想而努力的人，根本没有时间为挫折而难过。他们只会愈挫愈勇，从挫折中找到有利的经验，增加实现梦想的机会。莱特兄弟为了实现飞行梦想，不但冒着生命危险试飞，还要忍受世人的嘲笑，历经千辛万苦之后，在 1903 年才总算试飞成功。

当红歌手张惠妹未成名之前，参加"五灯奖"的歌唱比赛，在夺得"五度五关"之前却被封杀，她没有气馁，之后卷土重来才一举成名。实现梦想的过程，看来虽然十分艰辛，但身处其中的人，总是能乐在其中。不断做理化实验的居里夫人和不停研究程序的比尔·盖茨，都是从苦中熬出来的世界名人。

在我们身旁还有很多可敬又可爱的市井人物，为了成为面包师傅，必须从清晨五点忙到晚上十二点的年轻人；为了能成为白领精英，必须从苦读英文开始用功的上班族，他们都是为了实现梦想而努力不懈的勇敢者。

梦想是一个人的光环，让人见到他用心实现梦想的努力时，不得不以尊敬的态度和他共同期盼，祝福他美梦成真。

我们终将发现：在实现梦想的路上，没有阻碍的石头。只不过有一些

阻碍幻影,曾经出现在自己的心中。此时唯一能做的事情,就是自己亲手搬开它。

在各个领域有所成就的成功者,都是伟大的梦想家,他们在冬天的火堆中,在阴天的雨雾中,梦想着未来。有些人任凭梦想悄然消失,有些人则细心培育与呵护,直到它安然地度过险境,带来阳光和光明。而值得庆贺的是,阳光和光明总是降临在那些真心诚意相信梦想一定会实现,并且付出努力的人身上。

有很多人会说:噢,我有我的梦想。但这些所谓的梦想,都是突发奇想、即兴的、暂时的念头而已。就像我们在晚上看到夜空中的流星时,随意许下的愿望。这些愿望或许只是个念头、好主意、白日梦,但是这些白日梦,也有可能在真实人生中实现。

抓住机会,敢于筑梦,才能让梦想成真。主播廖筱君原本应该留在家族公司工作,做个听命于父母安排的乖乖女,一次意外机会的出现,让她不顾家人反对,开始新闻事业的筑梦生涯。

她全力以赴,所创造出来的事业成就,连家人与朋友都惊讶她有如此惊人的新闻潜力。发现问题主动解决,成功欲望愈强烈的人,往往在发现问题时主动出击,而不是等候别人指示、下命令。

从平凡中追求卓越,许多成功的人物,都没有家财万贯或骄人的学历,却以一己之力,开创出不凡的成就。

积极乐观,不轻言放弃,了解自己,务实不贪心,如果抓住机会需要勇气,拒绝利诱,则需要更大的智能。

有一则关于筑梦的小故事:有几个人在岸边岩石上垂钓,一旁有几名游客在欣赏海景之余,也观赏他们钓上岸的鱼,口中啧啧称奇。只见一名钓者竿子一扬,钓上了一条大鱼,约有三尺来长,落在岸上后,那条鱼的身体还翻跳不止。钓者冷静地用脚踏着大鱼,解下鱼嘴内的钓钩,顺手将鱼丢回海中。周围围观的众人响起一阵惊呼,这么大的鱼还不能令他满意,足见钓者的雄心之大。就在众人屏息以待之际,钓者鱼竿又是一扬,这次钓上的是一条两尺长的鱼,钓者仍是不多看一眼,解下鱼钩,便将这条鱼放回海里。第三次钓者的钓竿再次扬起,只见钓线末端钩着一条不到一尺长的小鱼。围观众人都以为这条鱼也将和前两条大鱼一样,被放回大海。却不料钓者将鱼解下后,小心地放进自己的鱼篓中。游客中有一人百思不解,遂问钓者为何舍大鱼而留小鱼?钓者经此一问,回答说:"喔,那是因为我家里最大的盘子,只不过有一尺长,太大的鱼钓回去,盘子也装不下……"舍三尺长的大鱼而宁可取不到一尺的小鱼,这是令人难以理解的取舍标准。而钓者的唯一理由,竟是因为家中的盘子太小,盛不下大鱼。

我们编织梦想时,是否也会像钓者一样,因为自己平凡的背景,而不敢去梦想非凡的成就;因为自己经历的不足,而不敢立下宏伟的志向;因为自己的无知,而不愿打开心门,去接受更好、更新、更优秀的自己呢?

孩提的时候,我们常常梦想着长大后要做什么,像科学家、航天员、医生、电影明星、老师、大老板,甚至总统等等。各式各样的美梦,都曾在我们的作文或童年游戏中出现过。然而,当我们的年纪越来越大,梦想的格局与空间慢慢地被压缩了,我们的志气不断被环境中的负面想法所削弱。父母、师长,甚至同学们时常的好言相劝,说我们不可能、不应该、也不需要成为这一行或那一行的专家、领袖或工作者。于是,自己发展的可能性越来越受到限制,慢慢的,我们逐渐相信别人"务实"的建议。然后,我们心灵的视野逐渐缩小,相对的我们的成就空间也日趋减少。我们若能像孩童般看待生命的态度,不要对自己的生命设限,那么梦想绝不会仅止于梦想而已。小时候无限可能的梦想,和长大之后处处受限的,并不一定是环境,有时候,反倒是因为自己已经缺乏魄力。如果你认为行,那么你就行;如果你认为你不行,那么你肯定不行。找一个时间,独自一人到无人或不受外界打扰的地方,安安静静地思考。尽量放大内心的世界与格局,不要对自我设限。就像回到孩提时一样,让自己的心灵世界无止境地扩大。专注于未来想要的生活,并用一些正面语句引导,例如,我最想经历什么样的事情;我希望拥有多少的财产;我最想去哪里旅行;我希望拥有什么样的影响力。

拿出笔记本记下自己的梦想清单,把所想到的人生梦想,统统记录下来。试穿梦想的衣裳,想象一下梦想成真的时刻。除了可以感受到那股

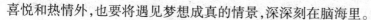
喜悦和热情外,也要将遇见梦想成真的情景,深深刻在脑海里。

去感受发自内心的喜悦。重要的是,享受梦想的过程,不要把梦想当成工作。它应该是充满兴奋和喜悦,带我们走过更美好、更令人向往、更充实的人生旅途。让梦想变得清晰可见,把梦想变成具体可行的目标。谁说你的梦想不可能实现?

美文感悟

成就梦想的最重要动力即是实践。梦想是人心中最深处的期待而并非是表面的奢华与华丽。

漂浮的针

◆文/苗桂芳

人们,包括我自己在内常常不自觉地戴上有色眼镜,并为那些实际并不存在的障碍所挫败,要创造,就必须打破常规。

这是几年前的一件事。我告诉儿子水的表面张力可以使针浮在水面上,他那时才 10 岁。我接着提出一个问题,让他将一根很大的针投放入水面上,但不能沉下去。我自己年轻时曾做过这个试验,所以我暗示他要采用一些方法,譬如采用小钩子或者磁铁等。他却脱口而出地说:"先把水冻成冰,把针放在冰面上,再把冰慢慢化开不就行了吗?"

这个答案真是让人赞叹不已!它是否行得通先不讨论,重要的是:我即便是苦思冥想了好几天也没想到这方面来。经验将我约束住了,思维僵化了,这小伙子倒满有创新的。

我设计的"轻灵信天翁"号飞机首次以人力驱动飞越英吉利海峡,并因此获得了 214,000 美元的亨利·克雷默大奖。但在投针一事之前,我并没有真正明白我的小组何以能在这场历时 18 年的竞赛中获胜。要知道其他小组无论从财力上还是从技术力量上来说,实力远远超过我们。但到头来,他们的进展不大,我们却独占鳌头。

投针的事情使我豁然醒悟:尽管每一个对手的技术水平都很高,但他们的设计都是常规的。而我的秘密武器是:虽然缺乏机翼结构的设计经验,但我很熟悉悬挂式滑翔以及那些小巧玲珑的飞机模型。我的"轻灵信天翁"号只有70磅重,却有90英尺宽的巨大机翼,用优质绳索。我们的对手们当然也知道悬挂式滑翔,他们的失败正在于懂得的标准技术太多了。

人们包括我自己在内常常不自觉地戴上有色眼镜,并为那些实际并不存在的障碍所挫败。要创造,就必须打破常规。

美文感悟

创造,便是推陈出新。无论是从无到有,还是改造升级,都可以算为创造性劳动。

创造性来自对现有景象的不满,来自对陈旧腐朽的抛弃。所以,时至今日,创造性思维仍是我们今天的热门话题。因为没有创造性思维,没有创造,我们的文明就无法保持下去。

曾经辉煌过的四大文明古国之一的中国,今天它的再度辉煌全靠我们今天青少年一代的创造。

本文故事来源于日常生活,若我们能够在日常生活中随时发现,随时创造,随时把自己的想法放到生活中去实践,相信中华民族的伟大复兴一定指日可待。

你只要再迈出一步

◆文/张　春

当你在烦恼事情没有什么进展时，请不要停下你也许发抖的双脚。请你再往前迈一步。只需一步！

一群小女孩在学习跳水，当孩子们依次果敢地从三米跳台上跳下水时，唯有最后一位小女孩未跳。这个小女孩虽然很漂亮，可是在她的脸上看到的全是惧怕。老师在一旁不断地给予鼓励，周围的同学也在帮她打气，但是她依然害怕，害怕得泪流满面。

"马上就要下课了。"老师基本上已经对这个小女孩失去了耐心，有些不高兴地说。小女孩听后，腿抖得更厉害了，但是她困难地退了一小步，又向前迈了一大步，往池子看了看——三米的高度。突然，周围的人看见她闭上双眼跳了下去，水花溅得很高，但掌声却响了起来。

"安格拉，我们都为你骄傲，你是怎样战胜自己的害怕心理的？"旁边一位叫米吉娜的伙伴问她。这个叫安格拉的12岁的小女孩已经擦干了泪水，穿上了衣服。她用尚有点发颤的声音慢慢地说："我突然想起了爸爸曾告诉我的一句话，他说在遇到困难的时候闭上双眼也要往前迈一步。"

安格拉的爸爸是当地一位有名的神学院院长。对她的要求极为严格，希望她能在同龄人中出类拔萃。她从没有忘记父亲对她的教诲，在各个方面都很努力，即使是在最差的体育方面，她也做到了不放弃。

因为这样一个信念，安格拉在学业上进步很快，尤其是在科学方面显露出超人的能力与才华,她两次参加华约国家奥林匹克数学竞赛。她的数学老师曾这样评价:"我从来没有在数学班上见过她这样的女孩。她真的很少见——逻辑性强、分析能力强,注意力非常集中。32 岁时,她获得了物理学博士学位。

与此同时,这个平时除了学习成绩一直名列前茅,生活中却显得有些保守和毫不起眼的年轻人,开始了她另外出色的一面。那就是她表现出了对政治的极度热爱。以及由此所延伸出来的属于她的政治辉煌。

她就是安格拉·默克尔——德国历史上第一位女性总理,也是最年轻的总理。一个长期不被人注意的,被人称作"小灰老鼠"的女政治家。当有记者问她,为何能坚持到最后,并取得胜利时,安格拉笑了,她说,她突然想起了孩提时的那次跳水,那个胆怯的小女孩终于鼓足勇气往前迈了一步!"我要感激我的父亲,每当我面对困难的时候,他都会重复这样一句话:当你在烦恼事情没有什么进展时,请不要停下你也许发抖的双脚,请你再往前迈一步,只需一步!"

美文感悟

失败与成功只有一步之遥,成功就是再往前迈一步。很多人在经历了挫折的重创之后,不敢再迈开双腿,或者说在困难面前失去了勇气。

然而,有时,成功并非靠聪明才智,也不靠运气,更多的是凭靠勇气。

人生中会有很多时刻遭遇困惑与挫折,也许你会一直徘徊在迷雾中。其实这时你只需往前迈一步,你便会发现云散雾开,阳光灿烂。

比尔·盖茨勇敢地跨出了哈佛大学,创造了微软帝国的神话。

人们往往只需坚持下去,往前迈出一步,便能收获不一样的果实。想到这里,我们真的应该好好学习古往今来那些英雄的义无反顾的气概。

请不要停下你发抖的双脚,勇敢地向前迈出一步!

逾越一朵花的距离

◆文/麦玮琪

　　有时,希望与我们只相隔一朵花的距离,有些人因为无动于衷、消极等待而失之交臂;而有些人只是动了一下手指,奇迹就会出现在眼前。

　　香子兰属于一种豆科植物,它在花谢后会结出豆荚形的果实。将成熟的香子兰果实晾干变黑后,便会形成散发浓郁香味的香料,这种香料,被广泛用于食品和化妆品。由于产量很少,其价格仅次于藏红花,为世界第二昂贵的调味"香料之王"。最初,香子兰仅生长在墨西哥,这是由于唯有墨西哥特有的长鼻蜂才能为它授粉,使之成果。由于香子兰果实的珍稀与贵重,当地的印第安人部落常常为抢夺它发生武力冲突。

　　1793 年,南印度洋留尼汪火山岛上的居民引进了香子兰和为之授粉的长鼻蜂。那年春天,香子兰在岛上生长茂盛,并开出了淡黄色的花朵,这让留尼汪人十分高兴。但出人意料的是,那些长鼻蜂居然发生了问题:它们不能适应火山岛上的气候,最后全部死去了,而当地蜜蜂对此外来植物一点兴趣也没有。

　　香子兰的花期极短,每朵花仅开一天,不能授粉,就意味着这些花朵在凋谢后一颗果实也不会产生。人们心急火燎,却只能眼看着花谢而束手无策。

　　一天,一个心有不甘的留尼汪人偶然用手捻了一朵香子兰花的花蕊,意想不到的这一捻竟捻出了奇迹,不久以后,这株香子兰竟结出了香喷喷的果实。这样,岛上的人们才知道,香子兰是雌雄同体的植物,没有长鼻蜂,人工也可以授粉。这个发现,使得香子兰的足迹开始遍布世界。

　　现在,每当香子兰花开时,人们只要随身带一个长长的针,刺一下花蕊,就完成了授粉任务。香子兰的故事告诉我们:有时,希望与我们只相隔一朵花的距离,有些人因为无动于衷、消极等待而失之交臂,而有些人只是稍微动了一下手指,奇迹便会出现在眼前。

美文感悟

虽然人是这个世界上最具想象力、最具创造力的动物,但更多的时候,人们的行为与判断都过多地依赖于经验。在尚未开展某项活动之前,无数条依据所谓的经验判定的结论已经安放在或者凝结在了我们的头脑中。似乎到目前为止,人类唯一的一大进步便是直立行走。然而迄今为止,我们仍然是一小步一小步地踟蹰前行。

幸好,我们的希望的情感击败了失望。心中充满希望的人,不会在原地踏步,因为他要欣赏前方更美的风光;心中充满希望的人,不会在困境中低头,因为他知道风雨过后,眼前会有鹰翔鱼游的水天一色。只要走出荆棘,前方便会有盛开如海洋般的鲜花;只要登上山顶,前方便会出现积翠如云的美境。

做最醒目的那一棵树

◆文/房庆君

面对嫉妒和误解,没必要抱怨、消沉、妥协,没必要为适应别人而改变自己。最好的选择,就是把自己的长处发挥得更加尽善尽美,努力争取出类拔萃。

师大毕业后,我被分到一个林区小镇的中学当老师。

语文组共有八个老师,我是其中唯一的一名名牌院校毕业生。刚参加工作时,我兴趣颇高地搞了一点儿教学改革,校长在教工大会上夸赞了我几句,加上我平日里喜欢摆弄文字,偶尔在报刊上发表一两篇小文章;于是,很自然地便成了办公室里的"出头鸟",惹来别人的妒嫉。有的人当面阴阳怪气地冷言冷语,有的人则暗底里散布我的种种捕风捉影的传言,这些事让我心乱却又无奈。

过去只在文学作品中看到过小知识分子的穷酸气和心胸狭窄,这回我可是真的知道厉害了。尽管我在同事们面前十分谦虚,从不炫耀自己那一点点的"与众不同"。我努力用言行表示自己与大家一样普通,可我还是受到了同事们的孤立。他们对我猜忌、躲避、挑剔……很少有人与我谈知心的话。

一天,我把心中的苦恼向谢老师倾诉。谢老师给我看了一幅风景画:那上面画了许许多多几乎一般高的杨树,在画面的左上角,有一棵参天挺拔的杨树极为惹眼,虽然只画了不足一半,但它那超凡脱俗的壮美却是有目共睹的。

"小伙子,这回你该明白,'出类拔萃'这个成语的含意了吧? 嫉妒,乃人之常情,但我们嫉妒的往往是稍微比自己强的人,你看见谁嫉妒那些成就非凡的伟人? 人们对大大超出自己的人只有敬佩。就像这株抢眼的大树,其它树对它只有仰慕,只有学习和努力地追赶……"

哦,我懂了——面对嫉妒和误解,没必要抱怨、消沉、妥协,没必要为适应别人而改变自己。最好的选择,就是把自己的长处发挥得更加尽善尽美,努力争取出类拔萃。

美文感悟

做自己的事让别人说去吧! 李敖曾说过,如今的年轻人过于柔弱,一遇上点挫折就用自杀、赌气等来逃避或解决。其实现实中存在着许多不公平,需要我们用积极向上的态度去缓解它,让它围绕我们来行动,而不是做一个懦夫。要时刻知道现实是残酷的,没有人会一直去同情弱者,偶尔的同情不代表长久。成功者都是在逆境中摸爬滚打过来的。请相信自己,相信我们自己一定能战胜胆怯与软弱,最终会从失败与挫折的阴影中走出来,去欣赏成功的阳光。不要惧怕嫉妒。受人嫉妒,只能说明你的成绩已令他们不安。你本身从事着可敬的事业,必将赢得有价值的人的尊重。

坚持

◆文/大　卫

在那些惰性的稻草压迫我们的过程中，人是在不知不觉地坚持的，这是一种心灵上的抗争……

当我如桨的手指将那个灿烂的周日浓缩成一串熟悉的电话号码，便对电话另一头的朋友说："出来走走，让田野的风朗诵我们的背影如何？"朋友愉快地给了我一个满意的回答。那天的太阳像是帕瓦罗蒂歌唱的那个太阳，暖暖地照在人身上暖洋洋的。风，从春天的腋下很抒情地飘过。天，蓝得让人心碎。春光，"咔嚓咔嚓"地被我拍成了胶片，手中的照相机，像鸟儿一般在晨光中荡漾。

慢慢骑在一条河堤上的时候，突然我的眼睛被一棵树完全吸引住了。我"噌"地蹦下那辆老爷车，将照相机对准了它，焦距调到令人兴奋的程度——那是怎样的树啊！

只见它的根系完全裸露在外面，整个树干凌空悬在河堤的横断面上。猛一看，它似乎要跌进深渊，仔细一看，方知它伟岸的身躯正如箭一般地直刺蓝天，欲倾的姿势，实属另一种崛起。几只不俊不丑的鸟儿，正口衔草枝在它的发间筑巢。看样子这棵树在这儿已定居很久了，历经了沧桑而不倒。它悬空而立的模样，在大地这张稿纸上挺拔成了一行警句……

我按下快门，"啪"地一声将这棵树摄进镜头，然后回首对站在一旁的朋友说："等照片洗出来，我就给它标上名字——坚持。"

照片洗出来后，效果果然不错，博得了好几个朋友的赞赏。但有一个朋友却指着照片的标题"坚持"二字问我：你知道它的含义有几种吗？接着，朋友侃侃而谈："坚持"的含义有两种，一种是指对外界环境的抗争；一种是指对自己心灵的抗争。像你这幅照片上的这棵树就属于前一种意义上的坚持。

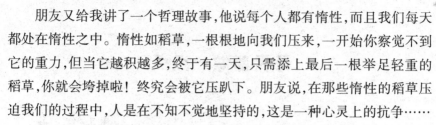

最受读者喜爱的美文 1

　　朋友又给我讲了一个哲理故事,他说每个人都有惰性,而且我们每天都处在惰性之中。惰性如稻草,一根根地向我们压来,一开始你察觉不到它的重力,但当它越积越多,终于有一天,只需添上最后一根举足轻重的稻草,你就会垮掉啦!终究会被它压趴下。朋友说,在那些惰性的稻草压迫我们的过程中,人是在不知不觉地坚持的,这是一种心灵上的抗争……

　　听过朋友所说的话,我只有做若有所思状。以前,我也曾不知天高地厚地把自己比成一棵树,但遇到别人像寒风一样冷淡的目光吹过来时,我曾经动摇过;在那个名叫理想的前沿阵地,我曾经深深地惆怅过,曾经差一点因为处境的艰难而服输;消磨时光地活了 25 年,曾经被别人爱过恨过,也曾经恨过爱过别人;曾经在彷徨苦闷的时候想过亲吻着地球自杀……但最终我还是坚持下来了,在脚下的这块土地上,坚守着让自己的信仰发光、灵魂歌唱。诚然,我们不必像树那样在悬崖边被动地坚持,我们更加主动地坚持,当那些"稻草"向我们袭来的时候,有一根扔掉一根,让自己的心灵一直保持惬意轻松。

美文感悟

　　当残冬消逝,春风吹拂草原,枯黄的草重新披上绿装,它们的"坚持"让我们感动;当我们登上绝壁,眼前映入一棵峥嵘着刺入长空的青松,这种"咬定青山不放松"的执著让我们感动。夜色里,当我们漫步街头,面色匆匆的归客毫不在意路边的风景,他们"坚毅"的步伐让我们体会到安定。坚守脚下的土地,让信仰发光、灵魂歌唱!如果我们在理想前动摇、在胜利前怯步,往往只能与失败相聚,甚至一无所获;如果我们在困难面前坚持、在绝境里支持下去,常常能获得新的成功。所以无论何时何地,我们都应该牢记:坚持就是胜利!

每天都做一点点

◆ 文/佚 名

当我们面对这座燃烧的花园时,我们就会明白,成功其实很简单。那就是每天只做一点点,但要坚持每天都做一点点……

天色灰暗,几名游客驱车行驶在山中一条铺满松针的小道上,罩在他们上空的是茂密的常青树。一路往前去,山中的景色愈加荒凉。突然在转过一个弯后,他们一下子被眼前的景象惊呆了。

就在眼前,就在山顶,就在沟壑与树林灌木间,有好大一片水仙花。各色各样的水仙花怒放着,从象牙般的淡黄到柠檬般的嫩黄,漫山遍野地盛开着,好比一块迷人的地毯,一块燃烧的地毯。

是不是太阳不小心跌倒了,如小溪般将金子漏在山坡上?在这令人迷醉的黄色正中,是一片紫色的风信子,如瀑布倾泻其中;一条小径穿越花海,小径两旁是成排的珊瑚色郁金香;仿佛这一切还不足美丽似的,不时还会出现一两只蓝鸟掠过花丛,或在花丛间嬉戏,它们的红色胸脯和宝蓝色的翅膀好似闪动的宝石。

是谁创造了这么迷人的景色?是谁创造了这样一座人间仙境?在这个荒无人烟的地带,这座花园是怎样建成的?无数的问号在游客的脑海里跳跃,他们下车步入园中。

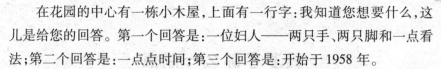

在花园的中心有一栋小木屋，上面有一行字：我知道您想要什么，这儿是给您的回答。第一个回答是：一位妇人——两只手、两只脚和一点看法；第二个回答是：一点点时间；第三个回答是：开始于1958年。

面对简洁的文字，游客们默默无言。一位平凡的妇人，凭借40年间一点点地、不停地努力，竟然创造出一个美丽的奇迹，而这个世界也因为她的努力变得更加美丽。

在我们年轻人的心中，成功是一个非常神奇的字眼儿，它就如同远方的一座雄伟的山峰，遥不可及。然而，当我们面对这座如画般的花园时，我们就会明白，成功其实很简单。那就是每天只做一点点，但要坚持着每天都做一点点，就好似那位普通的妇人终有一天会创造出一座美丽的人间仙境，若我们能够选准目标坚持不懈地做下去，总有一天，奇迹也会在我们的手中产生。

美文感悟

对于年轻人来说，成功这个字眼常会显得非常遥不可及，似乎总是与伟大人物或惊人的举动息息相关。

《每天都做一点点》正是在这个意义上拨云见日，展示了成功的本来面目。平凡的妇人，凭借40年间不停地一点点努力，居然在人烟稀少的山间，创造出一座美伦美奂的花园。这告诉人们"成功其实很简单，那就是每天只做一点点，但要坚持每天都做一点点"。这样，"成功"这个神奇的字眼便一下子与普通人拉近了距离，读来引人深思。

是啊，绳锯木断，水滴石穿，每天都做一点点，小事业便可成就大事业，小举动便可铸造大辉煌。

只多了那么一点点

◆文/朱　砂

　　许多时候知识、创造力、对环境的敏感以及对未知领域的执著追求，常常影响着一个人一生的成败得失。

　　巴察是一个平凡的美国公民，有着一份稳定的工作和一个幸福的家庭。他唯一的爱好就是钓鱼，无冬夏，他家周围的那些钓鱼场所都能见到他的影子。

　　20世纪20年代，每年冬天巴察都会到纽芬兰海岸去钓鱼。纽芬兰海岸隶属加拿大，以低纬度的天然钓鱼场而著称。冬天的纽芬兰天寒地冻，每次巴察来钓鱼时都要和他的伙伴们耗费很大的体力来凿开厚厚的冰层，在冰面上弄出一个个洞口，然后才能把挂着鱼饵的渔竿伸入水面。虽然大家要忍受刺骨的寒冷；但因为每次都收获颇丰，所以冬天的纽芬兰海滩还是吸引了众多钓鱼爱好者。因为天寒地冻，钓上来的鱼放在冰上后立刻就会冰冻起来。加之每次都能钓到许多鱼，根本吃不完，于是巴察每次都会把剩余的鱼带回家。

　　一天，当巴察拿出带回家的鱼时，意外地发现，如果鱼身上的冰不化掉，即使在家里放上几天，鱼的味道也保持着原味。巴察是个有心人，他顺着这一思路研究下去，进一步对肉和蔬菜进行了冰冻试验，结果发现它们也和冰冻鱼一样能够保鲜。后来，巴察经过更加深入细致的研究，发现如果食物冰冻的速度和方法不一样，那么它们冰冻后的味道和新鲜度也会有不同的差异。如果冰冻的速度过慢或是冰冻效果差，那么鱼肉或是蔬菜就不再拥有原汁原味。经过几个月的研究，巴察终于研究出了如何不使食物失去新鲜度的冰冻方法，这就是后来改变了数以亿计人们生活的速冻保鲜法的雏形。

　　1923年8月，巴察到专利局申请了"冷冻法"专利，然后以3000万美元卖给了美国通用食品公司,从而成为迄今为止世界上屈指可数的能在短短几个月内成为富豪的传奇人物。

无论是 1923 年,还是在此之前的若干年到纽芬兰海岸钓鱼的人不计其数,为何只有巴察一个人能发现冷冻保鲜的秘密呢,归根结底是他比别人多用了一点点心。

许多时候知识、创造力、对环境的敏感以及对未知领域的执著探求,往往左右着一个人一生的成败得失。平日里,由于受思维模式的影响,一些习以为常的东西总是容易被人们忽略、漠然置之甚至根本不注意。然而一个又一个鲜活的成功事例证明,正是在这些不被人注意的现象中蕴含着巨大的商机。留意周围那些能够成就事业的人们,我们极易发现,他们并非是特别聪明、能干,他们的成功只是比别人多了一些不具备的东西:敏锐的观察力、不拘一格的想法、缜密的推理、十足的自信、执著的意志等,所有这些品质只比别人多了那么一点点。

美文感悟

有的人成功,仅是比我们多了一点点的勤奋;有的人成功,仅是比我们多了一点点的坚持;有的人成功,仅是比我们多了一点点的勇气;有的人成功,仅是比我们多了一点点的刻苦;有的人成功,仅是比我们多了一点点观察;有的人成功,仅比我们多了一点点耐力。这一切就好比百米赛跑,冠军只是比我们跑快了几秒钟而已。更多时候,我们距成功只是少了那么一点点。最为关键的莫过于成功的人比我们多了一点点想法,一点点研究。人类不会局限于一点点的进步和安宁,所以,一切不足之处都是成功的机遇。成功只决定于我们是否愿意多下一点点工夫。

画一根比对手更长的线

◆文/芦 苇

增长自己的线，总比抹去、截断对手的线要强。

阿姗前往文化传播公司应聘业务主管。

虽然有很多的应聘者，但经过一次面试、两次笔试，最后只剩下阿姗和一位男士。人事部经理对他俩说："我们公司只需要一名优秀的业务主管，但你们在我们的考核中表现都非常好，难分秋色，所以公司决定给你们俩一个公平竞争的机会——你们同时进入试用期，试用期为一个月，工资按试用期标准发放，谁的业务成绩好谁就被录用了。"

阿姗为了战胜对手，每天忙着打电话、发传真、联系客户，甚至有同事跟她打招呼她都没时间理会。一次有位同事向她请教问题，她却说："没看见我忙着吗？"为了能胜出对手，她还把对手的材料藏了起来，害得对手找了好半天。

一个月很快到了，结果留下的是对手而不是她。更让她感到惊讶的是业务成绩也是对手的好。她很纳闷同时也不服气，为什么还是没超过对手呢？

回到家里，父亲看她脸色不好，问她怎么回事，她便把事情的经过简单地说了一下。当了几十年教师的父亲从衣袋抽出一支钢笔，在本子上画了一条约6厘米长的线，问："阿姗，你如何能把这线弄短些？"

"擦掉一段不就短了吗？"她说。父亲摇摇头，不允许她用橡皮。"把线截成好几段，不就短了吗？"她又说。父亲还是摇摇头，也不准她用刀。"那怎么做呢？"她问。父亲拿起笔，在那条线的下面画了一条比刚才那条更长的线，对她说："现在你对比看原来那条线，感觉如何？"

"短了！"她说。

父亲微笑着点点头说："对了，增长自己的线，总比抹去、截断对手的线要强。现在你应该知道,为何输给对手的缘由了吧!"

美文感悟

追求成功,我们通常固执而坚定,我们想凭借自己的实力突破他人的封锁线,但结果往往是无功而返,伤痕累累;面对失败,我们常常不解,总是很自然地把失败归于对手太强,于是便去"智斗"敌手,结果输得更惨。"增长自己的线,总比抹去、截断对手的线要强"让我们懂得:看看自己是否强大再与别人论长短,才是硬道理。在竞争面前,最有力的资本就是壮大自己。

进步、超越也是同样,不是让对手更弱,而是让自己更有利,更强大。

46 厘米的爵士

◆文/高兴宇

19岁的他,成为家喻户晓的英雄。回国后,他被封为爵士。到了61岁他还不甘寂寞,加入国王的秘密军队……

一位英国的成年人在洗脸的过程中,意想不到地遇到了他一生中最危险的事情。他险些被淹死——淹死在精美的脸盆中!

这是在编故事吗?当然不是。

如果不是,那你一定会惊讶不已。但是,如果你了解到他的身高就不会惊讶了,因为他仅有46厘米高。

让我们先简单说说他的生平吧!虽然他天生矮小,但是他立志要做一番大事。通过自身的努力,他从小就受到英国王室的青睐,9岁进入白金汉宫,不久,效力于国

最受读者喜爱的美文 1

王和王后，他的第一个皇室职位是汉普顿宫廷委员会委员。11 岁时，他进入英国外交部。他第一次出访的目的地是法国，返航途中，船队在敦刻尔克被海盗劫持。整个反劫持过程中，他沉着冷静、机智勇敢，大义凛然，为全体出访人员安全脱身立下了汗马功劳。还在十几岁时，他跟随英国的将军前往荷兰，支持荷兰反西班牙、争取独立的斗争。经过奋斗，他立下了赫赫战功。19 岁的他，成为家喻户晓的英雄。回国后，他被封为爵士。到了 61 岁他还不甘寂寞，加入国王的秘密军队……

他自成年后，众多皇室女子便因为他争风吃醋，足可见他的魅力之大！在查理一世被推上断头台后，作为皇家卫队的队长，他带着王后逃往法国。从那时起直到生命的最后一刻，这位身高不到半米的男子经历了一连串令人炫目的罗曼史——艳遇和决斗不断。在他 39 岁那年，查理二世复辟登台，他又回到英国继续效力。

翻开英国的历史，我们就会知道，这位传奇人物就是赫赫有名的赫德森。在 17 世纪的绘画和文学作品中，他的身影到处可见。对他来说，失业，是绝不可能的；娶不上媳妇，是无稽之谈；遭人岐视，更是天方夜谭。赫德森，是无可争议的英王查理一世手下最有影响力的骑士。就是这位显赫的赫德林爵士，没有被战场上的枪林弹雨打倒，没有被官场上的明枪暗箭射倒，没有被妒火中烧的情敌斗倒，反而差一点掉进脸盆里爬不出来！这两个极端，都神奇般地在身材矮小的赫德森身上融为了一处，惊世骇俗的英雄赫德森绝不是个传说，在现今英国牛津市的阿莫什林博物馆里，赫德森生前的衣物都陈列摆放在那儿，其大小好似婴儿服装，这足以证明 300 年前的那段历史曾经真实地发生过。

读完这个历史人物的巨大反差，读者各位有何感想？我敢断定，很多人会因此受到启示：绝不可自己瞧不起自己，也绝不可轻视他人。

美文感悟

信心百倍地去做事，积极努力才会有所进步。做人不要轻易地嫌弃自己。当你自己都轻视自己的时候，想一下谁还会看得起你呢？人生存着,就要活出自己的风格,活出自己的特性来。因为你来到这个人世间,你就是独具特色的,没有人会与你的思想完全一样。不要轻视自己,更不要轻视别人。轻易改变初衷放弃理想,那是懦夫的悲哀。也许命运会折断你的翅膀,但是心灵依然可以翱翔。关键在于要把自己的优点发挥到极点,让自己光芒灿烂地活着,并向着自己的人生目标奋进。

面对厄运

◆文/郑秀芳

只要厄运推不垮意志,希望之光就会驱散绝望之云。

英国史学家卡莱尔经过多年的艰苦耕耘,终于完成了《法国大革命史》的全部文稿。他将这本巨著的底稿全部托付给自己最信赖的朋友米尔,请米尔提出宝贵的意见,以求文稿的进一步完善。

隔了几天,米尔脸色惨白、气喘吁吁地跑来,无可奈何地告诉了卡莱尔一个悲惨的消息:《法国大革命史》的底稿,除了少数几张散页外,已经全被他家的女佣当做废纸丢入火炉中烧成灰烬了。

卡莱尔被打击的异常沮丧。当初他每写完一章,便随手把原来的笔记、草稿撕得粉碎。他呕心沥血撰写的这部《法国人革命史》,竟没有留下任何可以挽回的记录。

但是,卡莱尔还是重新振作了起来。他平静地说:"这一切就好比我把笔记簿拿给小学老师批改时,老师对我说:'不行!孩子,你一定要写得更好些!'"

他又买了一大沓稿纸,又一次开始了呕心沥血的写作。我们现在读到的《法国大革命史》,便是卡莱尔再次写作的作品。

是的,只要出现了一个结局,不管这结局是输还是赢,是幸运还是厄运,客观上都是一个崭新的"从新再来"。只要厄运推不垮毅力和意志,希望之光就会驱散绝望之云。

美文感悟

　　世上的伟人大多是从厄运中走过来的。古有孙膑断骨志不屈,今有轮椅上的楷模张海迪。看到他们直视厄运的考验,坚决不向命运低头的事迹,着实叫人赞叹。而我们在厄运来临时该做出何种反应呢?是低头还是勇敢面对?或是以一死逃之?

　　我想面对厄运,人们不能以一死来逃避,这是软弱的懦夫行为!真正的人就应该活出个人样!应该顶天立地,站在风口浪尖!应该迎风破浪,与厄运搏击。

　　生命不是坦途,它是高山、是险径。厄运每时每刻向你伸出魔爪。但在生命的勇士的眼中,这不过是螳臂。直面厄运总比步步退却更有出路,经历了阴霾的人更容易看到朝霞的光辉。身处厄运用不着沮丧,厄运不过是生命长河中一颗小小的绊脚石,踢开它才能有机会走在更广阔的通途上。

人生的钥匙

◆文/佚　名

　　是的,每一种选择都不是最佳,有快乐就会有痛苦,这就是人生,你不可能把快乐集中,把痛苦消散。

　　有一位父亲,在他很小的时候他的双亲就过世了。他成了一名孤儿,无依无靠,流浪街头,受尽苦难。最后他终于创下了一份令人羡慕的家业,而此时的他也已到了人生暮年,该想想身后之事了。

　　他膝下有两子,年盛力强,一样聪明,一样踏实能干。基本所有的人包括他自己,都认为应该把财产一分为二,平分给两个儿子。然而,在最后一刻,他改变了主意。

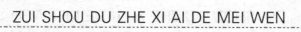

他把两个儿子叫到床前，从枕头底下拿出一把钥匙，抬起头，缓缓却清楚地说道："我一生所赚得的财富，都锁在这把钥匙能打开的箱子里。可是现在，我只能把钥匙留给你们兄弟二人中的一人。"

兄弟俩惊讶地看着父亲，几乎异口同声地问道："为什么？这太残酷了！""是，是有些残忍，但这也是一种善良。"父亲停了一下，又继续说道："现在，我让你们自己选择。选择这把钥匙的人，必须承担起家庭的责任，遵照我的意愿和方式，去经营和管理这些财富；拒绝这把钥匙的人，不必承担任何责任，生命完全属于你自己。你可以按照自己的意愿和方式，去赚取我箱子以外的财富。"

兄弟俩听完后心里开始产生了动摇。接过这把钥匙，可以保证一生没有苦难，没有风险，但也因此被束缚，失去自由。拒绝它？毕竟箱子里的财富是有限的，外面的世界更精彩，但是，那样的人生充满未知，前途未卜，万一……

父亲早已猜出兄弟俩的心思，他微微一笑："是的，每一种选择都不是最佳的，有快乐就会有痛苦，这就是人生，你不可能把快乐集中，把痛苦消散。最重要的是要了解自己，你想要什么？要过程，还是要结果？要安稳还是要冒险？没有哪种是最好的，只有最适合你的。"

二人权衡利弊，最终各取所需。哥哥决定接过这把钥匙；而弟弟决定去闯荡。这样的结局和父亲先前的预料不期而遇。

20多年过去了，兄弟俩的经历、境遇截然不同。哥哥生活得舒适、安宁，把家业管理得有条不紊，性格也变得越来越温和儒雅，尤其是到了人生暮年，越来越像他的父亲，只是少了许多锋芒和呆板。弟弟生活辛苦飘忽不定，受尽磨难，性格变得坚韧果断，与20年前比判若两人。在快坚持不住的时候，他也曾懊悔过，埋怨过，但既然已经选择了，就没有退路可言，只能一直坚定不移地往前走。经历了人生的起起落落，他最终创下了一份属于自己的事业。此时，他才真正明白了父亲，并深深地感谢父亲。

美文感悟

有快乐就会有痛苦，这就是人生。你的选择可能是正确的，也可能是错误的，但你一定要对自己的选择负责。既然选择了，就应该用坚韧不拔的意志去战胜前进途中的挑战和挫折，实现自我的价值。无论选择是对与错，都不应为自己的选择而懊恼，而泄气。更不要因为自己一时的错误选择而自怨自怜。只要你有奋斗的意志和成功的信心，就一定会冲破乌云，迎来胜利的曙光。

人生面临的最大的困难不是冲击未知，不是扫除旧恶，而是选择。我们差不多每天都要选择，所以面临选择，我们不必过多地注意结果，不必过多地考虑得失。因为我们选择时，我们拥有自由，而自由才是人最宝贵的财富与幸福。

成功并不像你想象的那么难

◆文/佚 名

并不是因为事情难我们不敢做，而是因为我们不敢做事情才变得困难的。

并不是因为事情难我们不敢做，而是因为我们不敢做事情才变得困难的。

1965 年，一位韩国学生去剑桥大学主修心理学。每天喝下午茶的时候，他常到学校的咖啡厅或茶座听一些成功人士交谈。这些成功人士包括诺贝尔奖获得者、某一些的学术领域的权威者和一些制造了经济神话的人，这些人妙语连珠，精明能干，把自己的成功都看得非常淡定和顺理成章。随着时间的推移，他发现，在国内时，他被一些成功人士蒙骗了。那些人为了让正在创业的人赶紧收手，大都将自己的创业历程夸大其词了,也就是说,他们在拿自己的成功经历吓唬那些还未取得成功者。

作为心理系的学生,他认为很有必要研究一下韩国成功人士的心态。1970年,他把《成功并不像你想象的那么难》作为毕业论文,提交给现代经济心理学的创始人威尔·布雷登教授。布雷登教授看后,大为惊喜,他认为这是个新发现,这种现象虽然在东方甚至在世界各地普遍存在,但此前还没有一个人敢大胆地提出来并加以研究。惊喜之余,他写信给他的剑桥校友——当时正坐在韩国政坛第一把交椅上的人——朴正熙。他在信中说,"我不敢说这部著作对你有多大的帮助,但我敢肯定它比你的任何一个政令都能产生震撼。"

后来这本书果然相伴着韩国的经济起飞了。这本书激励了许多人,因为他们从一个崭新的角度让人们了解到,成功与"劳其筋骨,饿其体肤"、"三更灯火五更鸡"、"头悬梁,锥刺股"并无必然的联系。只要你对某一件事情感兴趣,持久地坚持下去就可能成功,因为上帝赐予你的时间和智慧足以让你完美做完一件事情。后来,这位青年也获取了成功,他成了韩国泛业汽车公司的总裁。

美文感悟

我们时常抱怨自己没能成功,有些时候只好认命,并做好了永远无法成功的心理准备。

我们呆呆地把自己不成功的原因归结于能力不足。

如果我们将那些成功和不成功的事例进行比照,会发现唯一的区别之处在于人们是否坚持了自己的信念,是否对成功有着持之以恒的努力和坚强的意志。

成功不是宿命,它只在于你争取的态度。

对自己能力表示质疑的人是经验主义者,对自己运气表示疑惑的人只是机会主义者。这样的人极少能获得成功。相信自己有能力,相信自己有机会,只有这样的人,才能品尝到成功的硕果。

生活还是毁灭由你选择

◆ 文/孙盛起

人生在关键处就那么几步，左边是生活，右边是毁灭，看你如何选择。
约翰尼·卡许是六七十年代风靡欧美流行歌坛的超级巨星。

在卡许还是个儿童的时候，心中就怀揣着一个梦想：做个令世人瞩目的歌手。高中毕业后，他离开了家乡去参军，不久被派往德国驻军。在德国的一个军人商店里，卡许买到了自己这一生当中的第一把吉他。他利用一切业余时间努力练琴和唱歌，并自学谱曲，开始为实现自己的理想而不停地奋斗。

服役期满后，卡许回到美国，奔走于各唱片公司和电台。可是，没有一家唱片公司愿为他灌制唱片，就连电台音乐节目广播员的职位他也没能得到。他只能靠挨家挨户推销各种生活用品来维持生活。然而，面对挫折和生活的窘迫，不但没有消灭他心中的梦想，反而更加激励他努力提高自己的演唱技巧。他坚信，自己独特的演唱风格终有一天会被世人所接受。

不久，他结识了几个志同道合的人，组织了一个小型歌唱组。在城市的街道上、教堂前的石台上、乡村小镇的酒吧前，他们为歌迷们做巡回演出，足迹遍布半个美国。终于，一家唱片公司独具慧眼，为他灌制了第一

张唱片。这张唱片立刻在欧美歌坛引起轰动，各大电视台也纷纷邀他演出，约翰尼·卡许因此一举成名。

没完没了的演出，天天被狂热的歌迷所包围，掌声、签名和自己的一切都暴露给

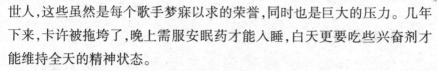

世人,这些虽然是每个歌手梦寐以求的荣誉,同时也是巨大的压力。几年下来,卡许被拖垮了,晚上需服安眠药才能入睡,白天更要吃些兴奋剂才能维持全天的精神状态。

渐渐地他恶习缠身,酗酒和服用各种镇静或兴奋性药片成瘾,以至于后来他每天必须吞服100多片药才能使自己勉强站在舞台上。由于他服用的都是限量药品,药店有时会限制他购买。为了获取那些药片,他竟然常常失去控制,破门闯入药店进行抢夺。

他的劣迹不仅使他很快失去了观众,更使他成了监狱里的常客。

一天早晨,当卡许再一次从佐治亚州的一所监狱刑满出狱时,典狱长——一位他以前的忠实歌迷对他说:"约翰尼·卡许,我今天要把你的钱和麻醉药都还给你,因为你比别人更明白你能充分自由地选择自己想干的事。看,这就是你的钱和药片,你现在就把这些药片扔掉吧,否则,你就去麻醉自己。生活还是毁灭,你选择吧!"

卡许回到老家纳什维利,找到他的私人医生,表示自己要戒掉药瘾。医生不太相信,告诉他:"戒药瘾可比找上帝还难。"

可是卡许决心重新选择生活,找回自己心中的上帝。他把自己锁在卧室里闭门不出,开始以超人的毅力戒除毒瘾,为此他承受了极大的痛苦。他失眠烦躁,坐立不安,时常感到身体里就好似是有许多玻璃球在日渐增大,突然一声爆响,他的五脏六腑都扎满了玻璃碎片,他甚至能清楚地看到身体卜有无数小孔在汩汩流血!然而,他凭借着超强的毅力和信念顽强地支撑着,使他最终戒掉麻醉药的诱惑而听从于心中梦想的召唤,一步一步艰难地从濒临灭亡的边缘爬了回来。

两个月以后,可怕的玻璃球不再在身体里重现,卡许又逐渐恢复了以前的光彩。又经过几个月的艰苦练习,他满怀自信地重返歌坛放声高歌,再一次成为众人瞩目的超级巨星。后来他说:"人生在关键处就那么几步,左边是生活,右边是毁灭,看你如何选择。"

美文感悟

约翰尼·卡许身为美国当代最具代表性的西部乡村偶像歌手之一，在其50余年的歌唱生涯中创作并演唱了大量乡村风格的歌曲，其作品多次荣登流行歌曲排行榜榜首。他创作的歌词质朴直白，大胆表达对社会现实的不满和对穷苦不幸者的同情，加上他低沉而富有磁性的男中音，使他在流行歌坛独树一帜。

命运，掌握在谁的手中呢？是上帝吗？是一些有非凡权力的人吗？回答是否定的。命运，就掌握在自己的手中的。约翰尼·卡许以他的毅力和顽强的信念，支撑他最终摆脱了麻醉药的诱惑。他听从于心中梦想的召唤，一步一步艰难地从濒临灭亡的边缘爬了回来。

我们应该永远掌控好自己的命运，坚强而幸福地生活下去。

从最低处开始

◆文/佚　名

海能装那么多水，关键是因为它位置最低。

一个国王和他的朝臣们在一次冬季的狩猎中迷了路，走到了一个人烟稀少的地方。当夜晚来临之际，他们终于发现一处农民的房子。于是国王说："我们就在这儿过夜吧。"但是有位朝臣却强烈反对，他认为尊贵的国王到农民家避难有失尊严，还是自己搭帐篷较为合适。

农民了解这种情形，就说："国王的尊贵并未降低，只是朝臣不希望农民的尊贵有所提高。"国王听了这句话觉得很有道理，就在他的房子过夜，并在第二天早晨赐给他一些礼物。

离别前，农民陪着国王散步，恳切地说："接受了农民，国王的尊贵和伟大并未受到损失，但是当您这样一位国王遮住农民的头时，农民的帽沿却无法延伸到阳光下。"

一个大人物能够谦逊地礼贤下士,对所有的人一视同仁,不仅不会失去尊严,反而更显得坦荡和伟大。

有一个青年人,对生活的不满和内心的不平衡一直在折磨着他。他觉得自己怀才不遇所以总是怨天尤人。有一年夏天,他随同学小敏家的渔船一起出海后,才使他一下子豁然开窍。

小敏的父亲是一个老渔民,在海上打鱼已经 20 多年了,看他那镇定自若的样子,青年人心里十分敬佩。

青年人问他:"伯伯,您每天打多少鱼?"

老人说:"你不明白,孩子,打多少鱼并不是最重要的,关键是只要不空手而归就行了。在小敏上学的时候,为了供他读书,我必须尽可能地多打一点。现在小敏毕业了,又找到了工作,对打多少我也没有什么奢望了。"

青年人沉思地眺望着远处的海,突然想听听老人对海的看法。他说:"海是伟大的,滋养了许多生灵……"

老人说:"那么你知道海为何会那么伟大吗?"

青年人不敢贸然接茬。

老人接着说:"海能容纳下那么多水,关键是在于它位置最低。"

位置最低!

正是由于老人把自身位置放得很低,所以会镇定自如,能悟透人世间沧桑。

正是海的位置最低,所以才容纳百川,包罗万象。

是的,我们不妨将自己放在最低处,脚踏实地。待到脚跟站稳,然后再一步步攀登。正如一位哲人所言:想要到达最高处,必须从最低处开始。

美文感悟

习惯了将目光停留在远处的高山之上,习惯了将目标锁定到遥不可及的未来。因此我们惊呼山的高峻,海的广阔,宇宙的深奥。我们从没有认真思考过,这些我们熟悉的事实为什么以这种状态展现在我们眼前,而不是另外一种状态?

海之所以能容纳那么多水,关键是因为它位置最低。最低处才是最实际的。"合抱之木,生于毫末;九层之台,起于垒土;千里之行,始于足下。"人生唯有俯下身子踏踏实实地行进,才能触摸到生命灿烂的顶点。

躺着思想不如站着行动

◆文/罗　宾

去做每一件事不见得都成功,但不去做每一件事则一定没有机会得到成功!

古时候,有两位朋友,相约一起去遥远的地方找寻人生的幸福和快乐。途中他们艰辛跋涉,在即将到达目的地的时候,遇到了强风大浪的大海,而海的彼岸即是幸福和快乐的天堂。对于怎样过海,两个人产生了不同的意见。一个建议采伐附近的树木造一条木船渡过海去;另一个则认为无论怎么做都不可能渡过这片海,与其自讨苦吃或自寻死路,不如等这片海蒸发干了,再轻轻松松地走过去。于是,那个建议造木船的人每日采伐树木,辛劳而积极地制造船只,并顺便学会了游泳;而另一个则每天原地休息,然后到岸边察看海水是否已蒸发干了。直到有一天,已经造好船的朋友准备扬帆出海的时候,另一个朋友还在讥笑他的愚蠢。不过,造船的朋友并不生气,临走前只对他的朋友说了一句话:"去做每一件事不见得都成功,但不去做每一件事则一定没有机会得到成功!"

能想到等到海水蒸发干了再过海,这确实是一个"伟大"的创意。可惜的是,这却仅仅是个注定永远失败的"伟大"创意而已。成功有很多途径,看似最简单的那一条往往只是幻想。这片大海终究没有干涸,而那位造船的朋友经过一番风浪也最终到达彼岸。这两人后来在这片海的两个岸边定居了下来,也都衍生了许多子孙后代。海的一边叫幸福和快乐的沃土,生活着一群我们称之为勤奋和勇敢的人;海的另一边叫失败和失落的原地,生活着一群我们称之为懒惰和懦弱的人。等待成功的人只能永远等待,追求成功的人才可能走到光辉的成功彼岸。

美文感悟

人们对成功一般有两种态度,一种是争取、一种是等待。争取成功的人从自己从事的工作或劳动开始,争取一次比一次更好,也许他们未曾想过成功,但成功选择了争取的人。等待成功的人一般来说都比较擅长理论,擅长筹划,“将来我要如何如何,换做我会怎样怎样”这是他们惯用的表达方式,然而,他们从未按自己的想法和说法行动。

天下没有免费的午餐。没有积极应对困难的态度,没有艰辛、执著的付出,只能错过一个又一个闯过难关的机会。躺着思想,不如站起来行动。梦想不是空想,要实现你人生的梦想,就要马上行动起来,懒惰和懦弱,只能引你走向失败的深渊。朋友,无论你走了多久,有多累,都千万不要在“成功”的家门口躺下休息。

逼你成功

◆文/刘　墉

逼你成功,听起来有些有可思议,成功是努力奋斗而来,怎么可能是逼来的呢?

我有个事业非常有成的朋友。他40多岁,没结婚,整天忙忙碌碌,比谁都紧张。

有一天我问他,你都在忙什么啊,又是为谁忙呢?

他先愣了一下,接着笑笑,说:“我也不知道为谁忙,只觉得背着一个

最受读者喜爱的美文 1

好大好大的包袱，每天拼命往前冲。"

"那包袱里装的是什么呢？"我开玩笑地问，"你有没有自己打开来看看？"

"我看了，看了，"他说，"里头全是我公司职员家里的老老少少，要吃要喝。为了他们，我想不干都不成，我是被逼得往前冲。"

"你怎么不说是你自己的野心和理想，使你往前冲呢？"我不以为然地说。

"没错，我自己的野心和理想当然也逼我冲。想想，一个人不被逼，不被环境逼、理想逼，怎么可能冲得久，冲得远，并最终冲过梦想的终点线？又怎么可能成功？"

其实，我就是一个很会逼学生的老师。

学生找我学画的时候，我会要他们买最好的工具。因为我发现当他花了一大笔令他心疼的钱之后，他们就不会放弃；当一个人为一个目标付出成功就愈加渴望，就像一个孩子哭喊着问妈妈要糖果。

然后，他们愈画愈好了，得到我的夸赞，盼下次还能受赞美，于是加倍努力。除了我逼，他们也自己逼自己，一步步走向成功。

我班上许多在美展入选和得奖的学生，都是在这样"内外交逼"的情况下造就的。

从另一个角度看，逼学生的教师何尝没有逼自己？为了让学生每个礼拜都能见到教师的新作品，为了以身作则，我也不得不努力画，于是有了更多的成绩。"教学相长"不也是"教学相逼"吗？

写文章亦是如此，不信，你去问问，哪个成功的作家未曾被逼。他被两种人逼，被报社、出版社的人逼，也被他们自己逼。读者逼主编，主编逼作家,作家逼自己;逼得想睡也不能睡,不想写也得写。

结果是,多少传世的作品就这样诞生了。如果你问金庸:"你这些武侠巨著是怎么写成的啊?"

他很可能答:"报社连载逼出来的。"

你再问:"如果没有报社逼,你写得出来吗?"

他很可能答:"写得出,但写不了这么多。"

你或许要想,一个人没有灵感,逼也没用。那么,你就又错了。

你看过传统诗社的"击鼓催诗"吗?一群诗人聚会,有人出题:几言,什么韵,咏什么题材。题目才喊出来,就开始击鼓,起初慢慢地一声一声击,愈击愈快,心愈急,鼓声愈连成一气。只见一个个平常潇洒风流的诗人,急得抓耳挠腮、面红耳赤。原来一个月也写不出来的诗,鼓声中居然写出了,这不是逼的吗?

好,或许你没见过"击鼓催诗",但你总读过王羲之的《兰亭集序》吧。

一群文人在兰亭"流觞曲水",那是一条涓涓溪水,大家沿着水坐下,从上游送下盏盏盛着酒的小杯子,流到谁前面,谁就得饮酒作诗。你说,那不也是一种逼吗?

《兰亭集序》就是在这种"逼"之下诞生的。

想想,《兰亭集序》是多么著名的文学作品,那书法作品又被后代多么地推崇。

再想想,王勃的《滕王阁序》是怎么写成的?

当时骚客云集,各逞文才,王勃写一句,仆人通报给主人一句。换是你,你紧张不紧张?

结果是,《滕王阁序》成为了中国文学史上的不朽之作。

王勃那天若是不去,去了若是没有人逼他写,你今天能知道王勃是谁吗?

让我作一个"文字新解"吧——"逼",是长了脚的"一口田"。

"一口田"旁边有神的保佑,是"福"。

"一口田"上面加个屋顶,表示有房有田,是"富"。

上班的人,星期一早上不想去,还得去,因为生活逼。

念书的学生,每天放学不想做功课,还得做,因为师长逼。

一个在家从来不入厨房的人,留学在外,居然烧得一手好菜,因为环境逼。

一个登山者,跳过一条他平常绝不敢跳的深沟,因为有只野兽逼。

仔细想想,我们之所以能持之以恒地努力,克服种种困难,发挥出自己的潜力,正如孟子所说——"天将降大任于斯人也,必先苦其心志,劳其筋骨,饿其体肤,空乏其身,行弗乱其所为,所以动心忍性,增益其所不能。"

这段话说的不是只有四个字吗?

逼你成功。

美文感悟

我们碰到困难之所以不往前冲,是因为我们有回旋余地,就像我们不追求成功一样,是因为我们有了衣食住行的保障;很多你之所以只有成功的计划和愿望却未真正成功,是因为他们缺乏行动的动力,而之中的"逼"是一种内外的,这种"逼"本质上就是行动的动力源泉。

安逸的环境只能磨灭人的斗志,从来都是如此。我们听过"破釜沉舟,背水一战"的故事,也常听到关于"置之死地而后生"的言论。是的,这些的确是真实的故事和成功的经验总结。这说明成功大多是不畏艰险。

那么为什么现在那么多人没有成功呢,原因是害怕困难。一个人有吃有住,生活方便,凭什么要冒险去追求看不到结果的成功呢?人们于是理所当然、心安理得地裹足不前。

一句话"自古英雄多磨难,从来纨绔少伟男"。

最受读者喜爱的美文

1

两条路

◆文/〔德〕里克特

一条路通往阳光灿烂的升平世界,田野里丰收在望,柔和悦耳的歌声四方回荡;另一条路却将行人引入漆黑的无底深渊,从那里涌流出来的是毒液而不是泉水,蛇蟒满处蠕动,吐着舌箭。

新年的夜晚,一位老人伫立在窗前。他悲戚地举目遥望苍天,繁星宛若玉色的百合漂浮在澄静的湖面上。老人又低头看看地面,几个比他自己更加无望的生命正走向它们的归宿——坟墓。老人在通往坟墓的路上,也已经消磨掉 60 个寒暑了。在那旅途中,他除了有过失望和懊悔之外,再也没有得到任何别的东西。他老态龙钟,头脑空虚,心情忧郁。年轻时的情景浮现在他的眼前,他回想起那庄严而难忘的时刻:父亲领他来到两条路的入口——一条路通往阳光灿烂的升平世界,田野里丰收在望,柔和悦耳的歌声四方回荡;另一条路却将行人引入漆黑的无底深渊,从那里涌流出来的是毒液而不是泉水,蛇蟒满处蠕动,吐着舌箭。

老人仰望苍天,悔恨地失声喊道:"青春啊,回来! 父亲哟,把我重新放回人生的入口吧,我会选择一条正路的!"可是,父亲以及老人自己的黄金时代都一去不复返了。人生的列车没有返程票;青春是随瀑布落到大海的水滴,无法重演折射七彩光芒的华丽。

他看见阴暗的沼泽地上空闪烁着幽光,那光亮游移明灭,瞬息即逝,那是他轻抛浪掷的年华。他看见天空中一颗流星陨落下来,消失在黑暗之中,那就是他自身的象征,而唯一的不同是,流星划过一道明亮的轨迹,而他的人生没有光泽,只有无限的黯淡和无情的殒落。徒然的懊丧像一支利箭射穿了老人的心脏。他记起了早年和自己一同踏入生活的伙伴们,他们走的是高尚、勤奋的道路,在这新年的夜晚,他们载誉而归,无比快乐。残酷的对比拨动他脆弱的心弦。

高耸的教堂钟楼鸣钟了,钟声使他回忆起儿时双亲对他这浪子的疼爱。他想起了启蒙时父母的教诲,想起了父母为他的幸福所作的祈祷。强烈的羞愧和悲伤使他不敢再多看一眼父亲居留的天堂。老人的眼睛黯然失神,泪珠儿泫然坠下,他绝望地大声呼唤:"回来,我的青春! 回来呀!"

老人的青春真的回来了。原来,刚才那些只不过是他在新年夜晚打盹儿时做的一个梦。尽管他确实犯过一些错误,眼下却还年轻。他虔诚地感谢上天,时光仍然是属于他自己的,他还没有堕入漆黑的深渊,他尽可以自由地踏上那条正路,进入福地洞天。丰硕的庄稼在那里的阳光下起伏翻浪。

依然在人生的大门口徘徊逡巡,踌躇着不知该走哪条路的人们,记住吧,等到岁月流逝,你们在漆黑的山路上步履踉跄时,再来痛苦地叫喊:"青春啊,回来! 还我韶华!"那只能是徒劳的了。

美文感悟

"少壮不努力,老大徒伤悲。"青春是无价的,一旦失去就无法以任何形式赎回。作者以梦的形式,通过具体的语言、心理描写,塑造了一个在人生入口处,曾经选择错误道路而懊悔不已的老人形象,目的是借以传达作者对生活的感受,劝诫那些尚在人生入口徘徊的人们,要清醒地选择正确的人生之路,在年轻的时候,创造辉煌的生命,不要把遗憾和悔恨留给未来。文章主题很明显,就是劝诫人们珍惜时光,可是文章用了非常新奇的手法来阐述主题,不落俗套,文章开篇创造的梦境对比强烈,给人以深刻的震撼。此文章实属佳作。

关于马克思的一份报告

◆ 文/赵德成

只要你习惯了这一家人,你就会发现这个家庭环境是有趣的、新奇的。这就是共产党人领袖——马克思的家庭生活的真实图景。

这个党(共产党)的领袖是卡尔·马克思,他的助手是住在曼彻斯特的弗里德里希·恩格斯,住在伦敦的弗莱里格拉特和沃尔弗(即所谓"鲁普斯")、住在巴黎的海涅、住在科隆的丹尼斯以及住在汉堡的维尔特,其他人则都是这个党的普通成员。马克思确实是该党的精神领袖和灵魂。我认为有必要描绘一下这个人的外貌,其原因就在于此。

马克思中等身材,34岁,但已开始有了白发。身体健壮,脸面很像匈牙利革命者谢迈列,但肤色较黑,头发和所蓄的大胡子更黑。一见面就给人留下深刻的印象:他是个天赋很高和精力充沛的人。理智上的优越使他对周围人有着无可争辩的权威。

在私人生活上,他极没有条理,也不怕别人笑话,打扮、梳头、换衣服——这一切对他都是少见的事,他喜欢喝酒。但是,假如手里有许多工作,他就不论白天黑夜连续地干,什么时候睡觉和醒来,他都自作主张,我行我素。他经常一干就是一个通宵,中午前后和衣躺在沙发上,一直睡到傍晚,毫不理会他家的来客,仿佛来人是块磨盘。

他的妻子是普鲁士大臣冯·威斯特华伦的妹妹。马克思主要依靠稿费养家,而他给英国宪章派报写稿六年从不取稿费,所以家庭贫穷是自然的。由于热爱自己的丈夫,这位有教养的可亲的女性已经过惯了贫穷的生活,也适应了那种名士派的生活方式。她有两个女儿和一个儿子。孩子们都很漂亮,他们三个都长着和父亲一样的聪慧的眼睛。

作为丈夫和父亲,马克思是个温存而亲切的人。虽然他是伟大的思想家,却也有着平常男人的一面。马克思住在伦敦最贫困,房租最便宜的区域。他租了两间房:一间朝着大街,是会客室;另一间,就是后面那间,是卧室。房间里的一切家具都很不像样,也很破烂:不是折断损坏了,就是摇摇晃晃,再不就是残缺不全;一切东西上都蒙着一层厚厚的尘土,什么都是杂乱无章。会客室的当中放着一张老式的桌子,上面蒙着油布。桌上摆满了手稿、报纸、书籍、小孩子的玩具、碎布和马克思夫人的活计;此外还有几只有豁口的茶杯,一个大烛台,几只高脚杯,一个墨水瓶,几个荷兰烟斗和一个烟灰缸——所有这些东西都是杂乱地放在桌子上。是不是觉得不可思议呢,马克思是生活在这种环境下的伟人,然而这就是真实的马克思。

来访者一走进马克思家,就会立刻陷入煤烟和烟草的迷雾之中,以至起初他不得不像钻进洞穴里那样摸索着向前挪步,直到眼睛习惯于黑暗,能够分辨出烟雾中的物品时为止。一切东西都很脏,上面都有尘土。而且,随便坐在什么东西上都是很危险的:这把椅子是三条腿的;那把偶然完好的,孩子们却在上面摆家家,做饭玩。递给客人的正是这把椅子。但是这种状况却极少使马克思及其夫人感到难堪。您会受到非常殷勤的接待,给您拿烟斗,递烟草,以及信手递来的清凉饮料。这是多么奇妙的景象啊,在一个昏乱的环境下,马克思和客人亲切交谈着。

聪明博学而又令人愉快的交谈,会弥补家具的欠缺和不舒适的感觉。而这也恰是这位伟人与众人不同之处,对于他来说,对真理的探究高于一切。只要你习惯了这一家人,你就会发现这个家庭环境是有趣的、新奇的。这就是共产党人领袖——马克思的家庭生活的真实图景。

美文感悟

马克思是一个真正的伟人,生活上要求不高,把毕生精力放在事业上。

从这一份报告来看,报告充分反映了他对事业的忠诚,而他的事业是最光荣的。

也许就是带着对理想事业的追求,让他忘记或者忽略了其他一些世俗的生活享乐。可见他的生活是多么地充实。他对事业的忠诚是由衷的，极度贫困的生活中他依然保持坚强乐观，因为他真正要追求的是全人类和全世界的真理。文章未发表过多的议论，却通过颇具功底的各种描写来震撼人心。

当今社会，竞争激烈而又物欲横流。我们经历的和看到的一切，除了让人体验到一种奢侈与残酷的震撼，丝毫让我们联想不到"伟大"这个词。

我们该醒了，该扫除迷雾，打量打量我们自身并思考一下自己的未来了。难道我们不能追求得更高尚一些吗？

林肯"学习"失败

◆文/李志鹏

在他一生经历的十一次较大事件中，只成功了两次，然后又是一连串的碰壁，可是他始终没有停止自己的追求。他一直在做自己生活的主宰。

在做一件很有挑战性的事之前很多人有两种心态。一种是如果我被拒绝或失败了怎么办，从而畏首畏尾；另一种是，只朝好的方面想，一旦失败，那么就会怨天尤人，从而陷入失望和愤怒。这种赢得起输不起的人必须好好学习下面这位先生锲而不舍的精神。1832 年，美国有一个人和大家一道失业了。他很伤心，但他下决心改行从政，当个政治家，当个州议员。糟糕的是，他竟选失败了。一年遭受两次打击，这对他来说痛苦是接踵而至了。可是他没有倒下。

他着手开办自己的企

业，可是，不到一年，这家企业倒闭了。此后几年里，他不得不为偿还债务而到处奔波，历尽磨难。一个普通人接连受到这么多如此大的打击，想必已经失去斗志，安于现状了吧，可是这位先生则不同。

他再次参加竞选州议员，这一次他当选了，他内心升起一丝希望，认定生活有了转机："可能我可以成功了！"第二年，即 1851 年，他与一位美丽的姑娘订婚。本来一幕喜剧谁知天有不测风云，喜剧也可能转为悲剧，离结婚的日期还有几个月的时候，未婚妻却不幸去世了。这对他的精神打击太大了，他心力交瘁，数月卧床不起，因此患上了神经衰弱症。多数人此时会想上天这样捉弄他真是不公平，可是他又接受了这个不公。

1852 年，他觉得身体康复过来，决定竞选美国国会议员，却仍然名落孙山。

但他没有放弃尝试，他没有考虑："失败了怎么办？" 1856 年，他再度竞选国会议员，他认为自己争取作为国会议员的表现是出色的，相信选民会选举他。可是，出乎意料，他落选了。面对又一次失败，他会怎么办呢？

为了挣回竞选中花销的一大笔钱，他向州政府申请担任本州的土地官员。州政府退回了他的申请报告，上面的批文是："本州的土地官员要求具有卓越的才能，超常的智慧，你的申请未能满足这些要求。"这个结果对他来说无疑是雪上加霜。

接连两次失败并未使他服输。过了两年，他再次竞选美国参议员，还是未能如愿。连续的竞选失败并未终止他的政治生涯。

在他一生经历的十一次较大事件中，只成功了两次，一次次的失败，一次次的打击，一次次倒下；但是每一次失败他都接受了，每一次打击他都挺住了，每一次倒下后他又重新站了起来。凤凰涅槃，终于他浴火飞翔。1860 年，他当选为美国总统。

他，就是后来在美国历史上解放黑奴，结束南北战争，创造丰功伟绩的阿伯拉罕·林肯。

美文感悟

失败有时就像雷霆一击,让你从此永远消沉下去,成功不再有希望。然而有时,它就像一方砥石,能把你磨砺得更加锋利。而在面对失败时,每个人都有选择和决定权,命运是掌握在自己手中的。

我们听过无数遍关于一些取得伟大成就的人,如何在经历重重磨难、遭遇无数失败后成功的事迹,凡是读过书的人几乎都听说过爱迪生、爱因斯坦的故事。

这里,林肯的故事又再一次呈现在我们的面前。

对于那些尚未激起成功动力的人来说,这则故事应该是他们解决他们心中困惑的一剂良药;对于那些正在追求成功的人来说,这是又一次激励,增强了他们的信心! 面对失败,你还在摇摆不定吗? 林肯是你的答案。

爱因斯坦的镜子

◆文/佚 名

其实,别人谁也不能做你的镜子,只有自己才是自己的镜子。拿别人做镜子,白痴或许会把自己照成天才,而天才可能会把自己照成白痴。每个人都有一面属于自己的镜子。

爱因斯坦小时候是个十分贪玩的孩子。他的母亲常常为此忧心忡忡,母亲的再三劝告对他来讲如同耳旁风。直到16岁那年的秋天,一天上午,父亲将正要去河边垂钓的爱因斯坦拦住,并给他讲了一个故事,正是这个故事改变了爱因斯坦的一生。故事是这样的:

"昨天,"爱因斯坦父亲说,"我和咱们的邻居杰克大叔去清扫南边工厂的一个大烟囱。那烟囱只有踩着里边的钢筋踏梯才能上去。你杰克大叔在前面,我在后面。我们抓着扶手,一阶一阶地终于爬上去了。下来时,你杰克大叔依旧走在前面,我还是跟他的后面。后来,钻出烟囱,我发现了一个奇怪的事情:你杰克大叔的后背、脸上全都被烟囱里的烟灰蹭黑了,而我身上竟连一点烟灰也没有。"

爱因斯坦的父亲继续微笑着说:"我看见你杰克大叔的模样,心想我肯定和他一样,脸脏得像个小丑,于是我就到附近的小河里去洗脸。而你杰克大叔呢,他看见我钻出烟囱时干干净净的,就以为他也和我一样干净呢,于是就只草草洗了洗手就大模大样上街了。结果,街上的人都笑痛了肚子,还以为你杰克大叔是个疯子呢。"

爱因斯坦听罢,忍不住和父亲一起大笑起来。父亲笑完了,郑重地对他说,"其实,别人谁也不能做你的镜子,只有自己才是自己的镜子。拿别人做镜子,白痴或许会把自己照成天才的。"

爱因斯坦听了,顿时满脸愧色。

爱因斯坦不再与那群顽皮的孩子一起玩耍,不再学习那些孩子的恶习。他时时刻刻都保持着自己对事物和对自己的正确认识,他也从不为一些所谓聪明人的嘲笑而苦恼,这样他终于找到了自己的镜子,也终于照出了他生命的熠熠生辉。

美文感悟

从表面上看,这个故事提醒我们不要依据别人来判断自己。每个人处境不一样,即使在同样的环境下,仍会产生不一样的结果。所以即使在同样的危难面前,我们也不必仿效别人来躲过此劫。我们也不必在欣欣向荣的景象面前升起与别人同样的快慰与自满。我们应该从自身出发,依据自己实际条件来判断目前的真实处境,也就是说,我们要用自己的镜子来审视自己。

深层次的意思,是一个人要独立思考,不要盲目迎合周围的环境与舆论。因为它们有时不能真实反映出事情的真相。它更提醒我们无论何时,都应该及时自省,及时关注自己。

如此，我们才能做到独立思考，才不会轻易被迷惑，也才能更为坚强，更为执著。

戴维的发现

◆文/张金明

其实，一个人做某些与志向似乎不相关的事时，他的做事风格会显露出来，而这种风格往往能决定此人的命运。

英国著名化学家戴维去世前，有一位前去探望的朋友问他一生中最伟大的发现是什么，他回答说："我最伟大的发现就是法拉第。"

是的，是戴维发现了法拉第。不过，这个"发现"的过程却出人意料。

那时，法拉第还在伦敦书商里波先生的铺子里做学徒，他的工作是按照钟点把客人向书店租借的报纸按时送到他们的住所。这个书店还兼做一些书籍装订的业务，法拉第送报之余，就悄悄地观察店里师傅摆弄那些铜尺、胶水、裁纸刀、纸面、布条，于是他很快就学会了书籍装订技术，甚至手艺还超过了店里的老师傅。

于是，店里的许多工作里波先生总喜欢让他去做。在里波先生不反对的情况下，他借机读了《化学漫谈》、《大英百科全书》，并因此爱上了"自然哲学"。

也是在里波先生的同意下，他利用空余时间去听了学者塔特姆的讲演。他一共听了十几次，每次听完回来，都认真地把听课笔记抄下来。后来，他把自己装订的《塔特姆自然哲学讲演录》送给里波时，被到店里联系事务的英国皇家学院的当斯发现，他看到法拉第对科学的热爱，就把四张到皇家学院听课的入场券给了他。

而当时，正逢化学家戴维在皇家学院搞讲座。

戴维的四次讲座加在一起才四个多小时，而法拉第的笔记却整理成了380多页。戴维讲过的内容，全记了，没有讲到的内容，他也做了相关的补充，并配了精美的插图。他把它装订成了《亨·戴维爵士讲演录》。

后来，法拉第把《讲演录》寄给了戴维，并在附信上说明了自己的境况，而且表达了自己对皇家学院的向往、对科学的热爱。

戴维看到《讲演录》，他从法拉第记录、整理、装订的技术上看到了法拉第那有条不紊、严密细致的做事风格，戴维知道科学研究不可或缺的就是这些素质。

于是戴维接见了法拉第，并向皇家学院举荐了他。

是的，是戴维发现了法拉第。

但是，如果法拉第在里波先生的铺子里仅仅满足于"出师、做师傅，然后做老板"的生活目标，那么就不可能发生后面的事，皇家学院的大门也就永远不会向他打开。

法拉第是以其科学的贡献闻名于世的，但他被戴维先生发现时，他打动戴维的却是别的东西。

其实，一个人做某些与志向似乎不相关的事时，他的做事风格会显露出来，而这种风格往往能决定此人的命运。也许有一天你成为作家只是因为你对金庸小说的迷恋；也许有一天你成为天文学家只是因为你喜欢看星星；也许有一天你成为法官只是因为你只是想多学些法律保护自己。所以，你的成功也许就隐藏在一些小事中。

法国科学家巴斯德说："机遇只偏爱那种有准备的头脑。"

法拉第做学徒时精湛的书籍装订技术也是他人生中的一种准备吧！

所以，英国著名化学家戴维发现了他。

美文感悟

机遇只是偏爱有准备的头脑。愚者错失机会，智者善抓机会，成功者创造机会。

伟大始于平凡。有的人身处平庸或困境之中，仍不坠青云之志，从不停止对知识的追求，最终敲开了成功之门。所以我们不必失望于开头的缓慢与渺茫，进步是一点一滴积累而成的。我们也不必奢求一朝醒来之后功成名就。专注于自己最擅长的工作,坚韧不拔地按部就班地前进。当我们做足了准备时,必然会出人头地,实现理想。想做好这种准备,必须有对某一事物的极大热情和执著,当一个人执著地专注于一件事情上,那么他的智慧就会被激发,这样成功即可水到渠成。

迪斯尼的作品被撕碎之后

◆文/王 飙

岁月是公正的,正是绘画的能力、天赐的想象力和百折不挠的意志,支撑起了他生命的辉煌。

迪斯尼在上学的时候,就着迷于绘画和描写冒险生涯的小说,并很快读完了马克·吐温的《汤姆·索亚历险记》等探险小说。一次,老师布置了绘画作业,小迪斯尼就充分地发挥自己的想象力,把一盆花朵画成了人脸,把叶子画成人手,并且每朵花都以各自的表情来表现着自己的个性。按说这对孩子来讲应该是一件非常值得肯定的事,然而,无知的老师却根本就不理解孩子心灵中的那个美妙的世界,竟然认为小迪斯尼这是在胡闹,说:"花儿就是花儿,怎么会有人形?不会画画,就不要乱画!"并当众把他的作品撕得粉碎。小迪斯尼辩解道:"在我的心里,这些花儿确实是有生命的啊,有时我能听到风中的花朵在向我问好。"老师感到非常地气愤,就把小迪斯尼拉到讲台上,狠狠地毒打一顿,并告诫他说:"以后再乱画,比这打得还要狠。"

值得庆幸的是,老师的这顿毒打并没有改变他随意随性画画的风格,他坚持不懈地追求着心中那永不改变的梦想——成为一无休止漫画家,为此付出再多,他也心甘情愿。

第一次世界大战美国参战后,迪斯尼不顾父母的反对,报名当了一名志愿兵,在军中做了一名汽车驾驶员。闲暇的时候,他就创作一些漫画作品寄给国内的一些幽默杂志。然而很令人沮丧的是他的作品被一次又一次的退回,被一次又一次的嘲讽,他们说他缺乏才气和灵性,他被贬的一文不值。

战争结束后,迪斯尼的父亲要他去自己有些股份的冷冻场工作,为了实现心中成为画家的强烈梦想,他拒绝了。他辗转来到堪萨斯市,他拿着自己的作品四处求职,就像爬行在荆棘中的小蛇,艰难困苦中求得可怜的生存,然而总会有人发现沙漠中被遗失的金子。终于在一家广告公司找到了一份工作。然而,他只干了一个月就被辞退了,理由仍是非常缺乏绘画能力。这家公司原来也只是他梦想中的一个过客。

1923年,迪斯尼终于和哥哥罗伊在好莱坞一家房地产公司后院的一个废弃的仓库里,正式成立了属于自己的迪斯尼兄弟公司,不久,公司命名为"沃尔特·迪斯尼公司"。虽然历尽了坎坷,但他创造的米老鼠和唐老鸭几年后便享誉全世界,并为他获得了27项奥斯卡金像奖,使他成为世界上获得该奖最多的人。他死后,《纽约时报》刊登的讣告这样写道:"沃尔特·迪斯尼开始时几乎一无所有,仅有的就是一点绘画才能,与所有人的想象不相吻合的天赐想象力,以及百折不挠一定要成功的决心,最后,他成了好莱坞最出类拔萃的创业者和全世界最成功的漫画大师……"

岁月是公正的,正是绘画的能力、天赐的想象力和百折不挠的意志,支撑起了他生命的辉煌。成功是各种因素共同作用的结果,超人的天赋固然让人羡慕,但是有多少天才重复着"伤仲永"的故事,充满想象力的作品被撕毁,因为超常的想象力,被毒打都未能动摇迪斯尼的意志和决心,这才是他能成功的原因。那份永不动摇的坚持才是成功的最好注解,才是梦想中最动人的一抹色彩。

美文感悟

这是一个典型的个人奋斗的故事,再一次让我们感受到成功者的魅力。不怕挫折,百折不挠,用顽强与毅力征服事业,最终爬上了成功的顶峰。

成功是每个人都希望得到的结果。可是没有坚韧的意志和顽强的决心是不可能到达成功的顶峰的。美国总统卡尔文·柯立芝说过："在这个世界上,没有任何东西可以取代坚韧不拔。才干不能取而代之,有才干但不成功的推销员随处可见。天才不能取而代之,不成功的天才几乎尽人皆知。教育不能取而代之,这个世界上受过教育的失宠者比比皆是。坚韧不拔和坚定决心就可以无坚不摧。'勇往直前'的口号,已经解决,并将继续解决人类的问题。"

欧什的最后时刻

◆文/缪小星

一天,我突然明白,欧什在绝境中抓住了最后一丝灵光,而发现鹦常就是在什么都没有了的时候与你幸运相遇。

女儿从美国发来电子邮件,说刚才自己就站在欧什奥夫教授的身边。她激动得有点语无伦次,说"欧什是上世纪的科学王子","欧什,差一点就没了"。真是蹊跷,原来这里有一段鲜为人知的故事。

当初,欧什的实验令人绝望,也一定包括他自己。面对巨大的经费透支,康奈尔大学物理实验室提交了一份报告,由学术委员会批准撤销了他的实验。实验室主管遗憾地告知这个玩命又玩钱的年轻人:必须在限定的时刻结束在这里的一切。

整个研究院就像什么事都没有发生似的,因为谁也不相信这个在读研究生能搞出什么名堂。欧什已经历多次类似的宣布,然而这一次是真的,说得不客气就是滚开。到了这个份上,还能再说什么。时间不多了,欧什依然待在实验室里。他为什么会这样,那不是明摆着

最受读者喜爱的美文

1

的？就好像目标是 A 而朝着 C 走。学术委员会曾经为他的设想迷醉，但失败的力量是强大的，倒不是失败，而是一种没有尽头的延续。欧什念叨着"深入到未知领域，无法作出预言"，总是请求，再给我一次机会，再给我一点时间。

可是价值连城的实验室不可能承受无数个所谓的机会和时间，更重要的是，一个又一个需要实验支撑的项目早早排成了长队。好了，这一切就要结束了。

一天，欧什做完了第 N 次失败的实验，终于站了起来。大伙儿已等待很久，看着他，有人企图说什么或做什么，主管暗示不要，因为欧什几乎一碰就碎，紧张得让人窒息。为了这个项目他已经付出了所有的精力和时间，他把自己推到绝高的山顶，他想摘下那颗属于自己的星星，他绝不回头。

欧什，消失在远方的一座小楼里。

大家来到这个曾经十分熟悉的实验室，想看看这里究竟发生了什么。一切都那么平常，只是留下了些许欧什的痕迹。有人提出收拾一下，主管刚刚点头又意识到什么便阻止了，因为此时距大限之刻还有 24 小时。24 小时，会发生什么呢？无论如何，收拾主人的桌面毕竟还不是时候。

欧什回到宿舍除了补上一个觉外还能做些什么？也许他是从梦中跳起来的，有人看到他又无声无息地向实验室奔去。有人说他简直是个疯子。

大约过了一个漫长的深夜，黎明时分，一个身影闪现出来，只是在人们的视线中多了一张纸片，在此之前这是没有过的。主管瞬间意识到那就是自己梦想中的不可思议的奇迹，他的眼睛一片模糊，张开双臂和欧什紧紧地拥抱在一起。

时间又走过了 12 年，主管已老得几乎认不出家人，欧什还是痴迷在实验的变幻莫测之中。沉浸在炫丽奇妙的科学世界中。一天，瑞典皇家科学院宣布：道格拉斯·欧什奥夫因他发现的"氦 3 位同位素的超流体性质"而获得该年度诺贝尔物理学奖。

这是一个真实得让人惊叹不已的故事。女儿从照片中为我指认出欧什，她就站在他的身边，看得出小女还没有从"惶恐"中走出来，而欧什的笑容十分平常而又生动，只是他的故事过于传奇，以至于让人们觉得他会多么的与众不同。女儿依然心有余悸，说道，听说当时欧什很狼狈，根本没有时间了，那个拥有顶尖设备的实验室将不由分说地关上大门，对于他来说那就是世界的末日。我也给吓坏了，老是让这个故事纠缠着，似乎自己也有惊慌失措、命悬一线的感觉。

一天，我突然明白，欧什在绝境中抓住了最后一丝灵光，而发现常常就是在什么都没有了的时候与你幸运相遇。

美文感悟

有人说：机遇只垂青那些火热的追求者。所以，对科学真理要有忠贞不渝的"爱情"。欧什告诉我们：要在不断的努力中、追求中寻求运气，要在连续的运气中创造成功。我们经常听到这样一些成语"功亏一篑"，这就是说很多时候人们在最关键的时刻，绝望了，放弃了，而此时往往与成功近在咫尺。所以，在最困难的时刻需要坚持、冷静和勇气。

坚持你的努力，不到最后一刻绝不放弃，甚至到最后关头也要力争看到结果。

过程虽然艰险，成功之路虽然雾霭沉沉，但我们应该相信自己，因为成败从无定论，只要凝聚你的实力，一定能创造属于你的幸运！

通过不懈地奋斗，必将拨开云雾见月朗。

卡耐基主动出"机"

◆文/佚　名

当时还不到 24 岁的卡耐基做梦也没有想到，他不但接替了斯考特的职务，而且还拥有了更大的管辖范围，年薪从 35 美元涨到 1500 美元。

美国钢铁巨头安德鲁·卡耐基在十三四岁的时候,曾受雇于一家纺织厂。他的工作是记账,只要把收入和支出记得清楚就行了。

后来他听说了更好的复式会计方式,他利用晚上自费学习了复式会计方式。这一先进的会计知识成为开启他事业成功的钥匙。

后来,舅舅又推荐他到电报公司当一名邮差。卡耐基却每天都提前一个小时到公司打扫卫生,然后就悄悄地跑到电报房里学习接收和发报技术。他每天都为能有这种秘密学习的机会感到快乐和兴奋……

他的秘密学习派上了用场。有一次,卡耐基一大早赶到了电报公司,突然听到有人说:"紧急电报! 电报员还没来,有谁能收下这份电报吗?"卡耐基毫不犹豫就主动上前,即刻收报,录在纸上,一点也没耽误。

到了月底领薪水的时候,公司老板把他召唤到了另一间房间,对他说:"你做得很好。从这个月开始给你加薪。"不久,他就真的成了一个名副其实的报务员。

16岁那年,卡耐基开始为美国西部铁路管理局局长汤姆·斯考特先生工作。

"安德鲁,能不能帮我赶快把这15封电报拍发出去?"局长经常会交给卡耐基一些紧急的任务,他总是又快又好地完成,由此他获得了局长的赞赏。

工作之余,卡耐基从不玩乐,总是不断地读书,此间他读了大量有关钢与煤的专业书籍。有一天,卡耐基收到一封加急电报:"货车在阿尔图纳附近的单轨路线上被堵塞,客车从早上开始,已堵了4个小时。"当时,铁路管理局有一个铁的纪律:不管遇到什么情况,只有管理局长才有权下达对列车的调度命令,如若有人胆敢违反禁令,不问任何理由,立即革职。卡耐基拿到这封电报之后,无论如何也无法与管理局长斯考特联系上,他知道每多耽搁一分钟,都将给铁道公司造成严重的经济和名誉损失。责任心和使命感,使他有了足够的勇气,壮起胆子走进了斯考特的办公室,查看了货车的配位图,立刻发现了堵塞的原因,于是提笔拟好了电文,并冒名签上斯考特的大名,然后拍发了出去,使塞车的问题得到了及时的解决。

几个小时以后,斯考特回来了,发现塞车的电报后,立即拟了一封电报让卡耐基发出去。卡耐基看了看电报的内容,窘迫地说:"我先前已经拍发了一封同样的电文……"斯考特严厉地追问是谁签的字,卡耐基只好承认是自己冒签的。斯考特一语不发,目光冷酷地盯着他看了一会儿,竟什么也没有说。

后来,斯考特晋升为宾夕法尼亚铁路局的副董事长。卡耐基非常希望能继续跟随他工作,他却意味深长地对卡耐基说:"你的才能远非只是做一个电报员,我已向董事长推荐你任匹兹堡管理局局长。这次扩大了匹兹堡管理局局长的职能,现在的宾夕法尼亚地区将进入你的管辖之内。"当时还不到24岁的卡耐基感觉像做白日梦一样,他不但接替了斯考特的职务,而且还拥有了更大的管辖范围,年薪从35美元涨到1500美元。

处在匹兹堡管理局长的位置上,卡耐基能够清楚地了解全国的经济和发展方向,这为他以后成为美国钢铁市场的巨头做了充足的准备。

美文感悟

知识本身并不能给人带来多大乐趣,除非把知识转变为成果。恰当而巧妙地运用自己的知识的过程本身便是一种享受,而带来的成功更是锦上添花。

所以,我们时常看到一些才高八斗、学富五车的人才终其一生都不得展示自己的机会,他们抱怨上苍的冷落、人世的冷漠,抱怨自己的运气。他们总认为时代太落后时,时机不成熟。果真如此么?不然。我们可以看到,无论什么时代,总会产生一些举世瞩目的"巨人"。因为他们抓住了机遇,甚至为自己创造了机遇。

是否充分而谨慎地做好了本职工作,是否让自己的本领在职能以外得到了延伸。这都是衡量人的能力的重要指标。

所以,从现在开始,我们应该主动抓住机遇或创造机遇,无需等待,不要畏惧,主动伸出我们的手,去拥抱我们渴望已久的成功吧!

每一块都是精的

◆ 文/林清玄

博格斯不怕人笑。所以创造了自己的奇迹！天生我材必有用,哪一块不是好肉？哪一个人不是最有价值的人呢?

我喜欢看 NBA 的夏洛特黄蜂队打球,特别喜欢看 1 号博格斯上场打球。

博格斯的身高只有 160 厘米,即使在东方人眼里也算是矮子,更不用说是在两米都嫌矮的 NBA 了。更让人敬佩的是这么瘦小的身材,在肌肉棒子林立的 NBA 闯出了自己的一片天地。

据说博格斯不仅是现在 NBA 里最矮的球员,也是 NBA 有史以来最矮的球员,但他却是 NBA 表现最为杰出、失误最少的后卫之一,不仅是控球一流,远投精准,甚至在长人阵中带球上篮也毫无畏惧。

每次看博格斯像一只小黄蜂一样,满场飞奔,心里总忍不住赞叹。我想他不只安抚了天下身材矮小却酷爱篮球者的心灵,也鼓舞了平凡人内在的勇气。

博格斯是不是天生的好手呢? 当然不是,他精湛的球技是意志与苦练的结果。

有一次,他接受记者的访问,谈到了自己走入 NBA 的心路历程。

博格斯从小就长得特别矮小,但却非常喜欢篮球,几乎天天都和同伴在篮球场上拼斗,当时他就梦想有一天可以去打 NBA,因为 NBA 的球员不仅待遇奇高,也享受风光的社会评价,进入 NBA 打球是所有爱打篮球的美国少年最向往的梦。

每次博格斯告诉他的同伴:"我长大以后要去打 NBA。"所有听到的人都忍不住哈哈大笑,甚至有人笑倒在地上,因为他们"认定"一个 160 厘米的矮子是绝无可能打 NBA 的。

最受读者喜爱的美文

1

他们的嘲笑并没有阻断博格斯的志向，反而更加激发了他的斗志。他用比一般人多几倍的时间练球，终于成为全能的篮球运动员，也成为最优秀的控球后卫。他充分利用自己矮小的"优势"，行动灵活迅速，像颗子弹一样；运球的重心最低，极少失误；个子小不引人注意，抄球常常得手。

现在的博格斯已成为有名的球星了，他说："从前听说我要进 NBA 而笑倒在地上的同伴，他们现在常炫耀地对人说，'我小时候是和黄蜂队的博格斯一起打球的'。"

博格斯使我想起了盘山禅师的故事。

盘山禅师有一天路过市场，偶然听见顾客与屠夫的对话，顾客对屠夫说："精的割一斤来。"屠夫听了，放下刀反问："哪一块不是精的？"（哪一块不是好肉？）

顾客怔在当场，在一边的盘山禅师却开悟了。

在人生里，我们往往用自己的主观见解或多数人的看法来判断事物的价值，但也有一句话是"真理掌握在少数人手中"，一味从众而失去正确的判断和挑战困难的勇气，又怎能真正实现自己的价值呢？在 NBA 里，我们都觉得只有两米高的人才能去打球，但一米六的人又怎么不能立志呢？

博格斯不怕人笑，所以创造了自己的奇迹！天生我材必有用，哪一块不是好肉？哪一个人不是最有价值的人呢？

美文感悟

博格斯以点石成金的气魄化不可能为可能，在众人的惊叹声中一步一步从"丑小鸭"变为"白天鹅"。

1

是的,不成功者是不应该找借口的,况且根本没有借口。

我们应该找到自己内心的薄弱之处,再把它克服掉。应该抓住自己的梦想,一刻也不要放松,直到眼见自己浇灌的希望幼苗开花、结果。

不要用自己的臆断来扼杀脆弱而渴望成功的细胞,要相信自己的潜能,相信自己的汗水。在奔向成功的道路上,摒弃一切世俗偏见、抛开所有虚无的顾虑,忠实地做理想的仆人,未来是不会亏待那些勇敢的追求者的。

魔术师的铁钉

◆文/毕淑敏

你问我为什么会成功,就这么简单。我用一根生锈的铁钉,把我的梦想刻在这里,每当我没有信心的时候,我就来到这里。当我离开的时候,勇气就重新灌满了胸膛。

有一位非常有名的魔术师,当记者问起他成功的秘诀时,他带着记者,来到他平日演出的宏伟的大的剧场门口。记者以为他会走进富丽堂皇的大门,没想到他却领着记者来到了马路对面的一个下水道口。

你躺在这里,假设自己是在冬天的夜晚,饥寒交迫,试试你能看到些什么?魔术师很和气地说。

记者屈身躺在地上,他闻到了下水道发出的恶臭,他看到了传出香气的饭店和华美的商场,还看到无数的人腿在向着剧场走动。另外,有一截突出的窗台就在头顶侧方悬着,如同丑陋的屋檐。他边看边报告着。魔术师说,很好,你看得很全面。只是,在窗台的水泥上,请你看得再仔细一点。你还可以有所发现。

在魔术师的一再提示下,记者看到了窗台的下方,有一行模糊的字迹。他拼命瞪大眼睛,才辨识出那是魔术师的名字。

魔术师说,很多年前,我是一个乡下来的孩子。冬天,我蜷曲身子躺

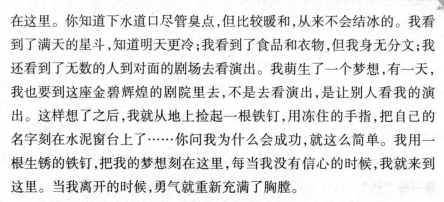

在这里。你知道下水道口尽管臭点，但比较暖和，从来不会结冰的。我看到了满天的星斗，知道明天更冷；我看到了食品和衣物，但我身无分文；我还看到了无数的人到对面的剧场去看演出。我萌生了一个梦想，有一天，我也要到这座金碧辉煌的剧院里去，不是去看演出，是让别人看我的演出。这样想了之后，我就从地上捡起一根铁钉，用冻住的手指，把自己的名字刻在水泥窗台上了……你问我为什么会成功，就这么简单。我用一根生锈的铁钉，把我的梦想刻在这里，每当我没有信心的时候，我就来到这里。当我离开的时候，勇气就重新充满了胸膛。

分手的时候，记者对魔术师说，能否让我看看您那神奇的铁钉？魔术师说，可以。说完，他随手从地上捡起一根铁钉，说，喏，就是它了。铁钉并不重要，重要的是亲手刻下你的名字。将这个名字刻在你自己的心中。

美文感悟

一个人就像一粒种子，天生就有发芽的欲望。只要是一颗健康的种子，哪怕是在地下埋藏千年，哪怕是到太空遨游过一圈，哪怕被冰雪封盖，哪怕经过了鸟禽消化液的浸蚀，哪怕经历风吹雨打、寒风冻雪，只要那宝贵的胚芽还在，一旦时机成熟，它就会在阳光下探出头来，焕发勃勃的生机。

所以，当你满怀希望地播下一粒成功的种子后，一定要记住它的存在。千万不要忘却它，而是用心呵护它，在你饥寒交迫时，在你辛苦劳碌时，你要想象它开花结果的美丽样子。待到冰雪消融、雨过天晴之后，它便会魔术般地生根发芽、开花结果……

最受读者喜爱的美文

1

2500 个"请"

◆文/袁文良

3 年间,米·乔伊一直写了 2500 封信,在 2500 个"请"字后面是"给我一份工作"。

3 年前,米·乔伊遭遇公司裁员,失去了工作。从此一家 6 口人的生活全靠他一人外出打零工挣钱维持;经常是食不裹腹,有时一天连一顿饱饭也吃不上。

为了找到工作,米·乔伊一边外出打工,一边到处求职,但所到之处都以年龄大或者单位没有空缺为借口将其拒之门外。然而,米·乔伊并不因此而灰心,他看中了离家不远的一家建筑公司,于是便向公司老板寄去第一封求职信。信中他并没有将自己夸耀得如何能干,如何有才,只简短地写了这样一句话:"请给我一份工作。"

这家名为底特律建筑公司的老板麦·约翰收到这封求职信后,让手下人回信告诉米·乔伊"公司没有空缺"。但米·乔伊还不死心,又给公司老板写了第二封求职信。这次他还是没有吹嘘自己,只是在第一封信的基础上多加了一个"请"字:"请,请给我一份工作。"此后,米·乔伊每天给公司写两封求职信,每封信都不谈自己的个人情况,只是在信的开头比前一封信多加一个"请"字。

3 年间,米·乔伊一直写了 2500 封信,在 2500 个"请"字后面是"给我一份工作"。见到第 2500 封求职信时,公司老板麦·约翰再也沉不住气了,亲笔给他回信:"请即刻来公司面试。"面试时,麦·约翰告诉米·乔伊,公司里最适合他的工作是处理邮件,因为他最有写信的耐心。

当地电视台的一位记者获知此事后,专程登门对米·乔伊进行采访,问他为什么每封信都只比上一封多增加一个请字,米·乔伊淡然地回答:"这很正常,因为我没有打字机,只能用手写,而每次多加一个字,是让他们知道这些信没有一封是复制的。我是真得渴望得到一份工作。"当这位记者问老板为什么要米·乔伊时,老板麦·约翰不无幽默地说:"当你看到一封信上有2500个'请'字时,你能不受感动吗?"

美文感悟

在我们绝大多数人中,缺少理想、缺少勇气的人似乎不少,而敢于付诸行动的却大有人在。因为我们经常可以看到身边有无数精神抖擞、投身理想的匆忙身影。

然而多年以后,我们来看这些人的命运或成就。有的人已经悠闲地坐在草地上享受成功的阳光,而有的人依然在奔波,依然在为生计而奋斗。

为何人的命运如此大相径庭,是命运的不公正?不,我们细心一些,便可以看到,大部分人对成功缺乏耐心,短则三年,多则十载,人们不停地更改自己的方向、计划、理想,一直寻找并在自认为的"捷径"上投入更多的时间、精力。坦诚地说,投机取巧的人实在太多。

他们在基础尚未牢固之前,在成功的美景尚未露出云端之时,就已经放弃,改注更张了。这实在让人惋惜。

当你已经写下了2499个"请"的时候,请你再写一次"请"吧,幸运女神一定会被你的执著感动。

拉斐尔赢了

◆文/流　沙

上帝只掌握了我的一半,我越努力,我手中掌握的这一半就越庞大,有一天,我终于赢了上帝。

一位电台主持人在自己的职业生涯中遭遇了18次辞退,她的主持风格曾被人贬得一文不名。

最早的时候，她想到美国大陆无线电台工作。但是，电台负责人认为她是一个女性，缺少吸引听众的魅力，理所当然地拒绝了她。

她来到了波多黎各，希望自己有个好运气。但是她不懂西班牙语，为了练好语言，她花了 3 年的时间。但是，在波多黎各的日子里，她最重要的一次采访，只是一家通讯社委托她到多米尼加共和国去采访暴乱，连差旅费也是她自己出的。

在以后的几年里，她不停地工作，不停地被人辞退。有些电台甚至讽刺她根本不懂什么叫主持。

1981 年，她来到了纽约一家电台，但是很快被告知，她已经跟不上时代脚步了。为此，她失业了一年多。

有一次，她向一位国家广播公司的职员推销她的清谈节目策划，得到了他的肯定。但是，那个人后来离开了广播公司。她再向另外一位职员推销她的策划，这位职员却对此毫无兴趣。她找到第三位职员，要求他雇用她。此人虽然同意了，但他却不同意搞清谈节目，而是让她搞一个政治节目。

她对政治一窍不通，但是她不想失去这份工作。于是她"恶补"政治知识……

1982 年的夏天，她以政治为内容的节目开播了，凭着她娴熟的主持技巧和平易近人的风格得到了观众的喜爱，她让听众打进电话讨论国家的政治活动，包括总统大选。

这在美国的电台史上是史无前例的。

她几乎在一夜之间成名，她的节目成为全美最受欢迎的政治节目。

她叫莎莉·拉斐尔。现在的身份是美国一家自办电视台的节目主持人，曾经两度获得全美主持人大奖。每天有 800 万观众收看她主持的节目。

在美国的传媒介，她就是一座金矿，她无论到哪家电视台、电台，都会给他们带来滚滚财源。

莎莉·拉斐尔说："我平均每 1.5 年，就被人辞退 1 次，有些时候，我认为我这辈子完了。但我相信，上帝只掌握了我的一半，我越努力，我手中掌握的这一半就越庞大，有一天，我终于赢了上帝。

"我赢了上帝"这句话曾经作为标题，出现在美国的许多媒体上，包括国家电台对她的一个访谈录。

美文感悟

对于有的人来说，命运也许是对他格外垂青，但同时，也有很大的一批人，可以说是命运多舛了。他们一次又一次地经历失败，经历苦痛和打击，但是他们勇敢的心并没有屈服，而是又傲然仰首站立起来，与失败作斗争。

在不轻言放弃、不丧失信心的人面前，在坚持不懈、知难而进的人面前，总会有一片充满希望的天地。

把每一次挫折都看做是上帝的考验，最终上帝也会为你折服。

与帕瓦罗蒂同台歌唱

◆文/聂　茂

马克不知道大名鼎鼎的帕瓦罗蒂是世界上最著名的男高音歌唱家，还以为是新西兰的一个并不出名的毛利男歌手呢，因此，他也不以为然地回答道："跟帕瓦罗蒂同台演唱又有什么了不起，我的歌声还可以压住他的呢。"

一个惊人的打赌

从18岁一直到现在，马克都是做环卫清洁工。他为自己找到一份自己喜欢的工作而庆幸。具体是做什么呢？他跟着一辆收运垃圾的大卡车，将人家沿途放在路边的垃圾袋一一收进大卡车中。每天走着不同的街区，看着不同的风景，马克感觉自己很快乐。

马克虽然没有唱歌的天赋，但却常常沉醉于自己的歌声中。同事中有一个叫罗宾的就打趣他，说："喂，马克，你天天那么高兴，天天在练唱歌，那样子，好像将来有机会跟帕瓦罗蒂同台演唱似的。"

马克不知道大名鼎鼎的帕瓦罗蒂是世界上最著名的男高音歌唱家，还以为是新西兰的一个名不见经传的毛利男歌手呢，因此，他也不以为然地回答道："跟帕瓦罗蒂同台演唱又有什么了不起，我的歌声还可以压住他的呢。"

罗宾是个帕瓦罗蒂迷，对一代歌王崇拜得无以复加。因此，当马克这么轻巧地回答他的嘲笑时，他强烈地感觉到马克的"轻薄"，同时，也觉得马克简直玷污了他心目中的英雄偶像。于是，罗宾用挑战般的口吻对马克说，"好啊，你要是能跟帕瓦罗蒂同台演唱，我就给你100美元！"

罗宾主动将要求降低，不要求马克的歌声"压住"帕瓦罗蒂，只要马克能有勇气上台同他演唱就行。因为，他觉得自己的歌声比马克强过一百倍，可他没有信心和勇气上台与英雄偶像竞技。100美元等于200多一点新西兰币，也相当于马克三四天的薪水了。这可不是一个小数目。因此，马克一听也来劲了："行啊，如果我没做到，那我就给你100美元。我一定要赢得你的钱！"

不知天高地厚的马克跟罗宾打赌的时候还不知道帕瓦罗蒂是何方圣人，但他当天兴冲冲地回到家，跟家人说起自己的事儿时，一家人都被马克的打赌惊呆了。父母一致说："你疯了不是吗？明天赶快去跟罗宾赔礼道歉，收回你们的打赌，否则，你就乖乖地将100美元主动早早地交给罗宾。"马克被迎面泼了一盆冷水，才知道自己有些孟浪了。接着，几个兄弟姐妹你一言我一语地说起帕瓦罗蒂，一件件，一桩桩，都是令人震惊的故事。小妹妹还将一盘讲述帕瓦罗蒂的成长史，并由帕瓦罗蒂自己主演的片子拿给马克看,马克这才了解帕瓦罗蒂是何方高人。

第二天,马克去上班时,害怕与罗宾见面。但是,几天过后,当马克在路上与罗宾不期而遇时,罗宾只字不提帕瓦罗蒂的事。马克虽然乐得清静,可心里一直惦记着。他也不像以前那样在上班时肆意歌唱了,但他常常偷偷地躲在一个山上去练歌。由于没人指点,与其说是练歌,不如说是练肺活量。他本来是模仿帕瓦罗蒂的美声唱法演唱一些歌剧片断,但因为唱得太差,几乎跟驴叫马吼差不多。

马克跟罗宾打赌的事发生在他担任环卫工人的第二年。随着时间的推移,罗宾从来没有跟马克再提帕瓦罗蒂的事,仿佛他已经忘记了。第三年,罗宾干脆去了澳洲,并且同马克失去了联系。

那是没门儿的事

三年一晃而过。有一天,马克突然从报纸上获悉帕瓦罗蒂要来悉尼献歌,这个消息让他振奋。虽然他一直期待着帕瓦罗蒂能够来奥克兰开演唱会,但现在看来,这个愿望不是朝夕可以实现的。从报纸上得知,帕瓦罗蒂太忙了,他的演出日程已经排到了 2008 年北京奥运会。看样子,如果不抓住在悉尼的这个机会,他一辈子都休想见帕瓦罗蒂一面,更不用说跟他同台演出了。

马克毅然决然地请了三天假,飞到了悉尼。他一下飞机,来不及去宾馆订房,就直奔演唱会组委会而去。负责接待的人耐心仔细听了马克的来意后,十分抱歉地告诉马克说:"马克先生,恕我直言,你的要求几乎是叫一个大胖子扯着自己的头发去登月球——没有一丁点的希望!"

马克固执地站在那里。那人又说:"如果你要买票,我可以让你买前排的票。"但他又加了一句:"你想同大师同台演唱,那是没门儿的事儿。世界上有多少不知天高地厚的小子想跟大师同台演唱啊。它意味着什么,你知道吗?"

那人回头看时,马克已经不见了。他只好同情地笑了笑,并且摇了摇头,觉得这个世界上做白日梦的人还真不少。

马克的确不知道与帕瓦罗蒂同台演唱意味着什么。他压根儿没有想过电视转播率、知名度,甚至金钱——要说金钱,他想到的也只是与罗宾打赌的那 100 元美钞。

也不知马克在外面想了些什么，等了许久。反正，他又一次站到了演唱会组委会门前。这一回接待他的是一个妇女，马克又一次将自己同罗宾打赌的事跟这个妇女说了。这位妇女比先前那位先生富有同情心。但她仍然表示很为难。

"我很理解你的焦急和渴望。"这位女士说，"不过，我真的很为难。时间太紧了，即使人家大师愿意让你同他一起演唱，你们也没有任何机会排练。你的牌子砸了没关系，大师的牌子砸了我们可承受不起啊。"

"不会有那么严重吧？"马克笨头笨脑地说，"只要让我同台演唱就可以了，我不拿话筒也行。这样，我的歌声就不会传得太远。"

女士沉吟了一会儿，马克最后请求道："至少，请你跟大师说说我的事吧。说不定大师会满足我的。"

马克想：这是我最后一搏了。如果还不行，我也没办法了。如果不能同帕瓦罗蒂同台演唱，我就立刻回去上班，他的演唱我在电视里照样可以看、可以听。

马克离开前得到了那位女士的电话号码，她告诉他明天打电话来问问吧。

谁知第二天清早，马克被旅馆女服务员急促的敲门声惊醒："马克先生，有电话找你！"

马克很奇怪，谁会打电话到这里来呢？突然，他意识到了，昨天他入住旅馆后，立即打电话给那位女士，但是没人接。马克留了言，将自己的联系电话告诉了对方，以防有什么急事可以找到他。

这么早打电话来，一定是好消息。难道尊敬的帕瓦罗蒂先生真的要成全他？马克想到这里，裤子都来不及系好就冲了出去。

果然，那位女士在电话里告诉马克，帕瓦罗蒂被他的真情打动了，破天荒地同意了与他同台演唱。马克听完电话后，抱着那个女服务员大声说："我成功了！我要与帕瓦罗蒂同台演唱了！"

你是值得的

在悉尼歌剧院金色大厅里，面对黑压压的人群，面对全世界至少数人在观看这台盛大晚会的热情观众，马克，这个 22 岁的新西兰环卫工人，为了一个执著的信念，同帕瓦罗蒂一同演唱了《我的太阳》。虽然他的歌声不美，甚至有些难听，可他唱得极其认真，唱得汗流浃背。台下的观众掌声雷动！将晚会意外地推向了高潮。

演唱结束后，帕瓦罗蒂握着马克的手，满心感动地说："小伙子，你辛苦了。"

澳洲电视台最美丽的女主持人梅丽玛请马克向观众讲讲跟大师同台演唱的感受。人们的眼睛紧紧地盯着马克，以为他一定会感谢帕瓦罗蒂给了他这个机会，或者其他一类的感激话。然而，不，马克用带点哭腔的声调说："我发现跟大师同台演唱，比我捡垃圾袋难多了！对我而言，我还是觉得当环卫工人更快乐！"

掌声，经久不息的掌声，几乎要将金色大厅的房顶掀翻。帕瓦罗蒂本来走进了幕后，听到马克的话，他又特地走出去，握着马克的手，说："我很高兴能与你同台演唱！"

就在这时，一个人突然跳上台去，手中挥舞着 100 美元，大声说："马克！你是值得的！"

警察正要上前拦阻这个鲁莽的人，马克却大声说："罗宾！——"两人紧紧地抱在一起，硬铮铮的好汉也流下了激动的泪水。

这时，帕瓦罗蒂走向主持人，接过她的话筒，讲述了马克同他演唱的缘由。雷鸣般的掌声再次响了起来，观众纷纷起立，为一份平凡中的伟大表示由衷的敬意。

美文感悟

人生难得几回美梦，为自己难得的梦想付出汗水是值得的。即使最后梦想破灭，我们至少品尝过追求的滋味。

梦想总比现实多一点点浪漫的味道。那么我们追求浪漫又有何不妥呢？只要我们不是沉湎于空幻的想象，便不必担心在空虚中浪费人生。

好心人或许会劝阻我们追逐这空中楼阁般的梦，但无所担忧的我们可以置之不理，虽然我们平凡，可我们有追梦的自由。

无论是逐梦的经历，还是梦想成真，热爱自由的浪漫生命都会为你献上一份由衷的敬意。

"香蕉树"让我勇敢

◆文/雪　妮

其实每个人的性格、命运都是可以改变的，只要他遇到一棵属于自己的"香蕉树"；没有任何一件事情是绝对不可改变的，只要你想，就一定做得到。

1986年的夏天，我只身前往普林斯顿大学攻读数学硕士学位。虽然这令我非常高兴，但心里还是有些担忧。到了那边，也许我会孤单，也许会碰上很多麻烦事。

但为了理想这些又算得了什么呢？对数学多年的痴迷，让我早已习惯了一个人在解题中感受生命里无上的快乐。

开学的第一天，我就遭遇到了一件相当尴尬的事情：被选为新生代表进行一个月后的全学院的演讲比赛。我看见了很多羡慕的眼神，是的，这是普林斯顿的传统，每一个新生将有机会畅快淋漓地展示自己最优秀的一面，这甚至在某种程度上代表了你所在的州或者你所在的国家的荣誉。

在这样的机遇面前，每个班仅有一个名额，除了抽签，似乎没有别的更加公平的方式。而我，竟鬼使神差地被上帝眷顾到了！

天啊，从小到大，我除了偶尔作为优秀学生代表，拿着事先写好的稿子在主席台上读过之外，就没有更多的当众说话的经验。我真希望把这个机会立刻让给别人，可这似乎是不被允许的。

真是"祸不单行"。就是那天的午后，我正在和周公会面，"砰砰砰"地几声巨响，一位金发美女闯进了我的房间。我愣了有三分半钟，最终的结论是：她敲错门了。

最受读者喜爱的美文

1

"请问,shiruy,在这个房间?"她操着一口蹩脚的中文,一副受过良好教育的样子。

"我就是shiruy,可是,我好像并不认识你。我可以帮助你吗?"对于她扰了我美妙的梦境,我其实非常恼怒。

而她依旧展现着让人无法抗拒的微笑,好脾气地对我讲起来。英文加上手势,我总算明白了她的来意。她是学校话剧团的剧务,为了欢迎新生,准备在下月上演一场名为《普林斯顿的香蕉树》的话剧,其中有一个华裔诗人的角色尚无适合的人选,他们在校园的网站上淘到了我的资料:"高中二年级曾在校文学社社刊上发表诗歌一首……"

老天,为了引起导师的注意,我的简历才加上这么一条。要知道一个数学天才,和发表一首诗歌有什么关系呢?

可是,她的样子很温柔迷人,还有她对我的不加掩饰的赞誉让我稀里糊涂地说了"Yes"。直到第二天晚上她打电话过来邀我过去参加排练,我才意识到自己做了一个多么糟糕的决定。

要知道,我从来没有演过话剧,更没有尝试过作为一个诗人的感觉,第一次的排练效果可想而知,但是那个名叫妮可的金发女孩始终脉脉含笑地看着我,让我放松,放松,再放松。我渐渐忘记了自己的羞涩和拘谨,而是松弛投入地去体会剧本中"诗人"的经历。我努力地想象、努力地体验、努力地大声念台词,从涨红了脸到从容自若,从结结巴巴到流畅自如。在妮可的鼓励下,我一晚不落地参加排练,听取指导老师的意见,认真改进。半个月后,就是正式演出的日子,在几千人汇聚的大礼堂里,我们的表演赢得了空前的成功。我只有六句台词,六分半钟的出场时间,但是下台后还是赢得了不少同学赞许的眼光。我自豪地走在人群中,感觉从来没有那一刻这样自信过。

而此时,我的演讲还是空白的,我再也不能指望能有人替代我上台了。

又过了两个礼拜,还是那个人潮汹涌的大礼堂,我已不再陌生。我昂首挺胸地站在麦克风前,我看见妮可坐在台下第一排。

"各位老师,各位同学,首先,对诸位的前来,我表示衷心的感谢。我今天讲演的题目是《普林斯顿的香蕉树》……"

我看到妮可的脸上有一丝丝的惊诧，但是随后她的笑容逐渐绽放起来。因为我正在告诉大家，我是如何变得自信，变得勇敢，是《普林斯顿的香蕉树》，是那个略带癫狂的华裔诗人的角色，是那个最终说服我的美丽的金发女孩，改变了我的性格。

大学三年，我从事各种社会活动。我在那几年认识的朋友，比我过去23年认识的所有朋友累计起来还要多得多。

我终于明白，其实每个人的性格、命运都是可以改变的，只要他遇到一棵属于自己的"香蕉树"；没有任何一件事情是绝对不可改变的，只要你有勇气接受可能改变它的机会，只要你不为困难而放弃，只要你敞开胸怀，那么你一定做得到。

美文感悟

生命的改变需要契机，而契机也充满我们的生活。

一次偶遇、一次搭讪都可能改变我们的生活，或者改变我们的态度。

面对丰富多彩的世界，我们根本不必封闭自己，而应该敞开胸怀、张开双臂，去接纳、拥抱、融入周围的世界。当我们放开自己，世界对我们会更加开放。

当我们敞开胸怀，我们会收获许多——成长、友情、经验、勇气、快乐……

如此，我们的人生也会更加精彩、自信。只要你想，你就能，这是《普林斯顿的香蕉树》奉献给我们的果实。

"现在"就去百老汇

◆文/莛 草

生活就是这么让人疑惑不解，很多人只知道把自己的理想定得比天高，却缺少把理想化为现实的行动。

安东尼·吉娜是目前美国纽约百老汇中最年轻、最负盛名的年轻演员。

几年前，吉娜是大学艺术团里的歌剧演员。在一次校际演讲比赛中，她向人们展示了一个极为璀璨的梦想：大学毕业后，先去欧洲旅游一年，然后要在纽约百老汇，成为一名优秀的主角。

当天下午，吉娜的心理学老师找到她，尖锐地问了一声："你今年去百老汇跟毕业后去有什么差别？"吉娜仔细一想："是呀，大学生活并不能帮我争取到百老汇的工作机会。"于是，吉娜决定一年以后就去百老汇闯荡。这

时，老师又冷不丁地问她："你现在去跟一年以后去有什么不同？"吉娜沉思冥想了一会儿，对老师说，她决定下学期就出发。老师紧追不舍地问："你下学期去跟今天去，有什么不一样？"吉娜有些糊涂了，想想那个金碧辉煌的舞台和那双在睡梦中萦绕不停的红舞鞋……她终于决定下个月就去百老汇。

老师追问："一个月以后去，跟今天去有什么不同？"

吉娜跃跃欲试了，她情不自禁地说："好，给我一个星期的时间准备一下，我就出发。"老师步步紧逼："所有的生活用品在百老汇都能买到，你

一个星期以后去和今天去有什么差别？"

吉娜终于双眼盈泪地说："好，我明天就去。"老师赞许地点点头，说："我已经帮你订好明天的机票了。"

第二天，吉娜就飞赴全世界艺术最高的殿堂——美国百老汇。当时，百老汇的制片人正在等到一部经典剧目，有几百名各国的候选人，制片人让他们每人按剧本的要求演绎一段主角的念白。这意味着应征者要经过百里挑一，两轮的艰苦角逐，才能胜出。

吉娜到了纽约，千辛万苦地从一个化妆师手里要到了将排的剧本。这以后的两天中，吉娜闭门苦读，潜心演练。

正式面试那天，吉娜第四十八个出场。制片人要她说说自己的表演经历，吉娜微微一笑，说："我可以给您表演一段原来在学校排演的剧目吗？ 就一分钟。"制片人点头了，他不愿让这个热爱艺术的姑娘失望。

制片人听到传进自己耳膜的声音，竟然是将要排演的剧目对白。面前的这个姑娘感情如此真挚，表演惟妙惟肖。他惊呆了，马上通知工作人员结束面试，主角非吉娜莫属。

就这样，吉娜来到纽约的第三天就如愿以偿地进入了百老汇，穿上了她人生中的第一双红舞鞋。生活就是这么疑惑不解，很多人只知道把自己的理想定得比天高，却缺少把理想化为现实的行动。而吉娜在教师的启发下，撇开了所有的瞻望和等待，大步流星地去投奔了心中的艺术殿堂。要实现自己的理想和目标就不要永远想着明天怎么样，为什么不从现在就开始呢？

美文感悟

"明日复明日，明日何其多"，我们应该珍惜现在，不要浪费时间。

然而我们通常会忽视一点，那便是"及时"。我们在工作，在劳动，在做事情时，可曾自问：这是我们真正想做的事情么？ 现在的工作离我们的人生目标越来越近了么？

非常遗憾，我们绝大多数人都在做着无关紧要、脱离人生目标的事情,琐事充满了我们的生命。

我们沉浸身旁的风景,常以琐事作为自己拖延的借口。这是敷衍。敷衍虽然算不上罪恶,但却显现出了我们的愚昧与怯弱。

不必懊恼,让我们睁开眼睛,调整思绪,现在开始走自己应走的路吧!

"换心人"攀登世界高峰

◆文/〔美〕里奇

凯利——世界登山界的一位传奇女性,10年时间神奇的谛造了3个奇迹——第一个生育孩子的女性换心人;唯一攀登上海拔1700米以上高峰的换心人;唯一连续登上5座世界著名高峰的换心人。

像被判了死刑

1991年2月17日,30岁的凯利在华盛顿圣约翰医院做了心脏移植手术。可由于她的病情实属罕见,手术后主治医师建议凯利不要做剧烈运动,以防不测。

休养三周后,凯利回到了家里。没想到,她刚刚走到二楼卧室楼梯的一半,就开始上气不接下气,瘫软地歪倒在楼梯上,额头上渗出豆大的汗滴。此时丈夫克雷格刚从门外走了进来,一眼就看到倒在楼梯上的凯利,吓得他赶紧冲上去扶住凯利,可凯利的眼神迷离,嘴唇苍白,几乎不省人事……

克雷格急忙将凯利抱上汽车,返回医院。医院迅速为凯利做了检查。最后发觉凯利移植的那颗心脏,因为技术原因,部分神经系统在手术过程中受到了影响,严重地阻碍了神经信号的传导。所以只要凯利做些小的运动,她的神经系统就无法像正常人一样指示心脏急速跳动,容易出现缺氧,甚至昏厥休克致死。

主治医生抱歉地对凯利说:"最好什么也不要做。"虚弱的凯利望着医生肯定的眼神,觉得自己就像被判了死刑一样。

按照医生的建议,凯利辞去了工作,老老实实地在家里养病。

她觉得自己的生活完全被毁了。她望着街道上的行人自由自在欢快地生活着,觉得自己的生命好像已经脱离了世界。当她把手按在自己的胸口上时,她可以明显地感到那颗移植心脏的跳动,却又感到如此陌生。有的医生甚至预言凯利活不过两年,可凯利却不相信这是真的。她强烈渴望正常的生活,她想要健康的身体,她决定征服这颗异样的心!

被自己的想法吓一跳

一周后,凯利到医院做了一次全面体能评估和专业体质测试,根据自己以前的运动经验和自己目前的体质状况,制定了一个循序渐进的训练计划——包括体能恢复、体能提升、应变能力、户外适应、自我保护、心理承受能力等方面。

首先要过的第一关就是行走速度。训练时,克雷格背着装有硝酸甘油、微型氧气瓶等急救品的背囊,十分小心地陪着她。一开始,她走得很慢,花了 28 分钟才走完 300 米。这样反复训练,一个阶段后,她再把线路的延长到 350 米。

保证平稳的走路速度和稳定的心率,这对凯利是个极大的挑战。一次,她刚走完,心跳突然加剧,脸色突然变得惨白。一直护卫在凯利身旁的克雷格立即给她罩上氧气罩……等凯利恢复时,她自嘲地说:"我跟幼儿学步有什么区别。"

凯利从未放弃,坚韧不拔,9 个月后,她完成了全部训练计划。她的身体机能有了很大的改善,医师建议凯利再适当地加大活动量。一天,凯利在公园里散步,她忽然看到有几个孩子正在爬攀援架。凯利想,她已经能够借助扶手缓慢地上楼梯而不觉得累了,可是攀援比上楼梯还要难一些,她想试试自己的能力。于是,她走到儿童的攀援架下,出乎意料地爬了上去。

这一意外的发现让凯利无比激动。能够攀援,这对于从前爱好登山的凯利来说简直是一个惊人的喜讯。于是,凯利决定爬更高的成人攀援架试试。

结果,凯利也爬了上去。她坐在攀援架上,双手牢牢地抓住栏杆,向远处眺望。她看到远处有一个黄色的电线塔,那是一个废弃工地上的电线塔,忽然一个匪夷所思的想法闪现在凯利的脑海里:她要去登那座塔!

凯利被自己这个想法吓了一跳。她用手捂住自己的胸口,那颗移植的心脏正随着凯利的心情一起跳动,强有力的跳动证明了她的存在。凯利在想:如果没有它,自己绝不可能有第二次生命;如果没有它,也许她永远不会体验穿越极限、挑战生命的意义。这是另一个人的心脏。而它正在和我共同品尝着此时此刻的心情。当我登上高处的时候,其实是我们同在!

凯利忽然鼻子一酸哭了起来,从她的内心涌上了一股感动之情,她感到挑战生命极限的目的,不应该仅仅是为了自己,还有它,那个与自己同呼吸共命运的人的心。她觉得应该让那个人和她一样完成这个梦想!

在随后的日子里,克雷格和凯利像两个顽童一样,四处搜寻攀援架,他们竟然爬完了全部的攀援架。最后,在丈夫和几个朋友的护卫下,凯利穿上了轻便的防护服,登上了那座废弃的电线塔。凯利爬到了最高处,激动地俯瞰全城的景象!

为进一步证明训练的效果,1991 年 11 月,在克雷格的陪伴下,凯利顺利攀登上了农场附近一座 800 米高的山峰。凯利登上山顶的那一刻,激动地扑到克雷格怀里,高兴地说:"亲爱的,我成功了!"为了锻炼身体的适应能力,此后,凯利又 3 次攀登上了这座山峰。

创造生命奇迹

两个月后,凯利提出攀登哈夫杜美峰。哈夫杜美峰是位于美国约塞米蒂国家公园的一座海拔 1700 米的陡峭山峰。克雷格有些迟疑了,他是《华盛顿新闻时报》的体育记者,曾经几次攀登这座高峰,深知攀登过程的艰险。可凯利却非常坚定地说:"亲爱的,不试试怎么知道? 我把哈夫杜美峰当作挑战生命的一个新起点,我要征服它!"凯利执著地坚持着,她选择了 2 月 17 日移植心脏一周年这个特别的日子登山。

登山那天,与凯利同行争服哈夫杜美峰的包括她的丈夫克雷格、圣约翰医院的随行医师、记者、一名向导及另外三名登山爱好者。哈夫杜美峰非常崎岖陡峭,尽是平直的峭壁,鲜有行路,爬到半山腰时,一个登山爱好者出现缺氧现象,呼吸困难,不得不中途折返。凯利却显得异常轻松。医师惊奇地说:"奇迹,奇迹!想不到凯利恢复如此强健的体魄,这在医学界是前所未有的事。"

下午5点多,凯利等人攀登到了海拔1500多米的位置,突然天气剧变,风迎面扑来,气温一下降到了零下9摄氏度。山路冻上了一层冰。凯利被困在一个陡峭的山坡上,克雷格在距离凯利12米的下方,其他的人在50米外的山坡底部。狂风卷起冰块砸向人们的头。尽管近在咫尺,相互之间却无法支援。凯利手抓的一根树枝突然断裂,脚底一滑,身体直往下坠。她眼疾手快,双手镇定地抓住路过的一株灌木,克雷格见状大声喊道:"凯利,别怕,我来救你!"

在众人的帮助下,克雷格救起了凯利,狂风停止呼啸,夜幕降临。向导提议就此宿营,明天再攀登。凯利决然地说:"最危险的时刻我们都挺过来了,大家再坚持一会儿,我们马上就可以登上山顶了!"克雷格望着妻子坚定的神情,也步步不离紧跟其后。

最终,大家攀登上了哈夫杜美峰。凯利高兴地跳了起来:"我终于登顶了,我做到了!"所有的人都兴奋得互相拥抱。随行医生迅速为凯利做了简单的检查,结果,身体基本没有问题!凯利抚摸着自己的胸口,默默地对它说:"你听到了吗?你看到了吗?我的恩人!"

此后,凯利又挑战马特峰和非洲第一峰、同时也是世界七大高峰之一的乞力马扎罗山,都获得了成功。

全世界为之震惊和赞叹,凯利不仅是唯一攀登上非洲第一峰的女性,而且是一个曾经疾病缠身的换心人。《时代周刊》评论说:"凯利是英雄!她的顽强精神,谱写了生命的奇迹。"《华盛顿邮报》说:"凯利——世界登山界一位传奇女性,10年时间神奇的谛造了3个奇迹——第一个生育孩子的女性换心人;唯一攀登上海拔1700米以上高峰的换心人;唯一连续登上5座世界著名高峰的换心人。"凯利以自己的亲身经历证明——人在身处困境、疾病缠身之时,只要自强不息、积极进取,依然能够活出生命的精彩,用顽强的意志和坚定的信念战胜生命的魔咒,打破人生的桎梏,生命的光辉会在那一刻迸发。

美文感悟

当你失去了，你就会明白什么是拥有，就会懂得如何去珍惜。

你的躯干不自由，你的思维也许会更加活跃。生命意味着时间，在有限的时间里，你不能激发这样的潜能，便能激发那样的潜能。你不能把能力朝广的方向发展，便能朝深的方向发展。

海伦·凯勒、斯蒂芬·霍金是我们公认的伟大人物，他们的智慧与成就即使身体健康的人也无法达到。所以，我们不必为自己的某些残缺而叹息，精彩和成功不会偏爱某一类人而舍弃另一类人。它只垂青于那些为理想不断前进而且珍惜它的人。

不拿薪水的"员工"

◆文/〔美〕杰克·坎菲尔德

就在他那间狭小的、地面铺着破烂地板的房间里，他按照自己的想象创建了一个假想的电台，而他则用一把梳子当做麦克风，貌似念经地练习着向他想象中的听众介绍唱片。

把梳子当做麦克风

莱斯·布朗出生在美国迈阿密的一个穷苦潦倒的家庭。他出生后不久就被一个帮厨女工梅米·布朗收养了。

莱斯非常好动，尽管他说话含含糊糊、口齿不清，但还是喜欢不停地说话，因此，他被送进了当地小学中一个专门为学习有障碍的学生开设的特教班学习，这样的情况持续到他高中毕业。毕业以后，他成了一位在迈阿密海滩工作的城市环卫工人。但是，他却有一个非常强烈的梦想，那就是要成为一名电台的音乐节目主持人。

最受读者喜爱的美文

1

每天晚上,他都要把他的晶体管收音机抱到床上,专心致志地听本地电台的音乐节目主持人谈论爵士乐。就在他那间狭小的、地面铺着地板的房间里,他按照自己的想象创建了一个假想的电台,而他则用一把梳子当做麦克风,貌似念经地练习着向他想象中的听众介绍唱片。

由于他的房间和母亲及他的双胞胎兄弟的房间之间只隔着一道非常薄的墙壁,因此,每天晚上当莱斯在永无休止地练习播音的时候,他的母亲和兄弟也能够听到他的声音,于是,就会对他大吼大叫,让他立刻闭上嘴去睡觉。但是,莱斯从不在乎他们,仍旧继续练习他的播音。他已经完全沉醉在自己的世界里,沉醉在他那美好的梦想里。他是如此执著,如此坚定,如此努力得追求着他的梦想。

有一天,莱斯到市区割草。在午间休息的那段时间里,他鼓起 100 分的勇气,来到了本地的电台。他走进台长办公室,告诉台长他想成为一名电台的音乐节目主持人。

台长用审视的目光全身上下打量着眼前这位头戴草帽、衣衫不整的年轻人,然后问道:"你有广播这方面的经历吗?"

莱斯答道:"没有,先生,我没有广播的经历。"

"啊,既然这样,那么,孩子,我想我们这儿恐怕要让你失望了。"

于是,莱斯非常有礼貌地向他道了谢,然后就转身离去了。

梅米·布朗经常循循善诱地教育莱斯要永远坚持自己的梦想,因此,莱斯觉得无论这家电台台长怎么说,也无论他说什么,他都一定决心要在这家电台找到一份工作。

所以,在接下来的那个星期里,莱斯每天都要到这家电台去,询问是否有工作机会。最后,电台台长终于妥协了,决定雇用他跑跑腿,但是没有薪水。刚开始的时候,莱斯的工作是为那些不能离开播音室的播音员

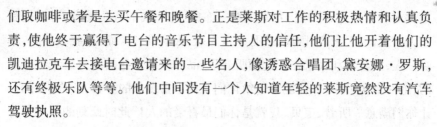

们取咖啡或者是去买午餐和晚餐。正是莱斯对工作的积极热情和认真负责,使他终于赢得了电台的音乐节目主持人的信任,他们让他开着他们的凯迪拉克车去接电台邀请来的一些名人,像诱惑合唱团、黛安娜·罗斯,还有终极乐队等等。他们中间没有一个人知道年轻的莱斯竟然没有汽车驾驶执照。

在电台里,无论人们让他做什么,莱斯都会很愉快地去做,有时候甚至做得更多。由于整日和主持人待在一起,他们的一举一动都使莱斯耳濡目染,他悉心地学着他们的手是如何在控制面板上移动的。在控制室里,只要有可能,他就会专心地看着播音员们的每一个动作,潜心地学习着,贪婪地吸收着,直到他们让他离开。晚上,一回到自己的卧室,他就认真投入地进行练习,为他确信一定会到来的机遇做好准备。

我一定是发疯了

一个星期六的下午,莱斯正好坐在电台里。有一位叫罗克的电台主持人播音时喝着酒。而此时,整个大楼里除了他就只有莱斯一个人了。莱斯意识到:照这样下去,罗克一定会喝出问题的。因此,他只能独自守着,只是在罗克的演播室的窗前来来回回地踱着步,密切注视着他的反应。

正在这时,电话铃骤然响了起来,莱斯一个箭步扑过去,拿起了听筒。果然不出莱斯所料,正是电台台长打来的。

"莱斯,我是克莱因先生。"

"嗯,我知道,"莱斯答道。

"莱斯,我看罗克是不能把他的节目坚持到最后了。"

"是的,先生,我也这么认为。"

"小伙子,你会操作演播室里控制面板上的装置吗?"克莱因先生问道。

"我会,先生。"他高兴地答道,激动得好像自己要飞起来了。

莱斯放下电话,箭一般地飞进演播室,轻轻地把罗克移到一边,坐在了他期盼已久的旋转工作台前。这一天,他等得实在是太久了,而为了这一天,他早就做好了准备! 此时,他轻轻地打开麦克风的开关,激动地说

最受读者喜爱的美文

1

道："各位听众，大家好！我是莱斯·布朗，您忠实的音乐使者，可以说是前无古人，后无来者，因此，我是举世无双，天下唯一。而且，我很年轻，单身一人，就喜欢和大家在一起倾听音乐，品味生活。我的能力是经过鉴定的，绝对真实可靠，保证能够带给你们一档丰富多彩的节目，让你们开心，让你们满意。听着，宝贝，我就是你们最喜爱的人！"此时此刻的莱斯全身发出夺目的光辉。

正是由于这次命运早已注定了的机遇，莱斯开始在广播、政治、演讲和电视等方面持续开创出了成功的事业生涯。为什么会是命运早已注定了的机遇呢？我想是因为莱斯始终相信机遇会来，并不断为之努力准备，是他的坚定使机遇早已注定。

美文感悟

如不是莱斯平日的艰苦训练，那么，即使机遇摆在他的面前，他也不会有今日的成就。我们只要具备了成功所需要的条件，只要脚踏实地，收获就在前方路口的一个拐角。

成功可能与能力有关，但能力是可以努力学习的；成功可能与环境有关，然而环境总是要改变的，它总是在变化。不过成功必定与你的准备有关，因为，成功只垂青于那些有准备的人。

时刻准备成功，只有这样，当幸运女神降临时，你才不会手忙脚乱，错失良机。

将来你是纽约州的州长

◆文/刘燕敏

在这个世界上，信念这种东西谁都可以免费获得，所有创造了巨大财富和达到目标的人，都是从一个小小信念起步的。信念是所有奇迹的萌

最受读者喜爱的美文

1

发点。

罗杰·罗尔斯是纽约州第53任州长,也是纽约历史上第一位黑人州长。他出生在纽约声名狼藉的大沙头贫民窟。这里环境肮脏,充满暴力,是偷渡者和流浪汉的天堂。在这儿出生的孩子,从小耳濡目染,逃学、打架、偷窃甚至吸毒,长大后很少有人获得好的工作。然而,罗杰·罗尔斯是个特例,他不仅考入了大学,而且还成了州长。

在就职的记者招待会上,到会的记者提了一个共同的问题:是什么把你推向州长宝座的?面对三百多名记者,罗尔斯对自己的奋斗史没有长篇大论,他仅说了一个非常陌生的名字——皮尔·保罗。后来人们才知道,皮尔·保罗是他小学的一位校长。

1961年,皮尔·保罗被聘为诺必塔小学的董事兼校长。当时正值美国嬉皮士流行的时代。他走进大沙头诺必塔小学的时候,发现这儿的穷孩子比"迷惘的一代"还要无所事事,他们不与老师合作,他们旷课、斗殴,更甚者砸烂教室的黑板。皮尔·保罗想了很多办法来引导他们,可是没有一个是有效的。后来他发现这些孩子都很迷信。于是在他上课的时候就多了一项内容——给学生看手相。凡经他看过手相的学生,没有一个不是州长、议员或富翁的。

罗尔斯跳下窗台,伸着小手走向讲台时,皮尔·保罗说,我一看你修长的小拇指就知道,将来你是纽约州的州长。当时,罗尔斯大吃一惊,因为长这么大,只有他姐姐让他如此兴奋过,说他可以成为五吨重的小船的船长。这一次,皮尔·保罗先生竟说他可以成为纽约州的州长,着实让他大吃一惊。他记下了这句话,并且相信了它。

从那天起,纽约州州长就像一面旗帜。他的衣服不再沾满泥上,他说话时也不再夹杂污言秽语,他开始挺直腰杆走路,他成了班主席。在以后的四十多年间,他没有一天不按州长的身份要求自己。51岁那年,他真的成了州长。

在他的就职演说中,有这么一句话,他说:"信念值多少钱?信念是不值钱的,它有时甚至是一个善意的欺骗,然而你一旦坚持下去,它就会迅速升值。"

在这个世界上，信念这种东西谁都可以免费获得，所有创造了巨大财富和达到目标的人，最初都是从一个小小的信念开始起步的。信念是所有奇迹的萌发点。

美文感悟

激励就像黑夜海面上的航灯，不仅让人感觉到希望的方向，更让人感受到来自人间的温暖。人生从一开始犹如在无边的荒漠上行走，最先指引并鼓励我们的是父母亲人，然后是来自师长朋友的帮助。吃穿也许不重要，最重要的是来自他们的激励，因为这激励让我们的心头为之温暖，我们的生命也为之重现光彩与热情。激励让我们产生信念，而信念则是奇迹的萌芽。唤起心灵深处的信念有两条道路：一条是受人指引，另一条是环境所迫。前者稍显幸运，后者稍显残酷。但无论如何，我们都可从中找到自己的人生方向，从而不至于在无边的荒漠上漫无边际的游荡。

驴的自救

◆ 文/佚　名

在生命的旅程中，有时候我们难免会陷入"枯井"里，会有各式各样的"泥沙"倾倒在我们身上，而想要从这些"枯井"中脱困的秘诀就是：将"泥沙"抖落掉，然后站到上面去！

有一天，某个农夫的一头驴子，不小心掉进了一口枯井里。农夫绞尽脑汁想救出驴子，但几个小时过去了，驴子还在井里痛苦地哀嚎着。最后，这位农夫决定放弃，他想这头驴子年纪大了，不值得大费周章去把它救出来。不过无论如何，这口井还是得填起来。于是农夫便请来左邻右舍帮忙一起将井中的驴子埋了，来解除它的痛苦。农夫的邻居们人手一把铲子，开始将泥土铲进枯井中。

最受读者喜爱的美文 1

当这头驴子了解到自己的处境时,刚开始哭得很悲凉。但出人意料的是,过一会儿这头驴子就安静下来了。农夫好奇地探头往井底一看,出现在眼前的景象令他大吃一惊:当铲进井里的泥土落在驴子的背部时,驴子的反应令人称奇——它将泥土抖落在一旁,然后站到铲进的泥土堆上面!就这样,驴子将大家铲到它身上的泥土全数抖落到井底,然后再站上去。很快地,这只驴子便得意洋洋地上升到了井口,然后在众人惊讶的表情中逃离了这里!

就如驴子的情况,在生命的旅程中,有时候我们难免会陷入"枯井"里,会有各式各样的"泥沙"倾倒在我们身上,而想要从这些"枯井"中脱困的秘诀就是:将"泥沙"抖落掉,然后站到上面去!

事实上,我们在生活中所遭遇的种种困难挫折就是加诸在我们身上的"泥沙"。然而,换个角度看,它们也是一块块的垫脚石,只要我们锲而不舍地将它们抖落掉,然后站上去,那么即使是掉落到最深的井里,我们也能安然地脱困。本来看似驴子要被活埋,但是由于驴子处理逆境的方式不同,实际上反而帮助了它。如果我们以肯定、沉着、稳重的态度去面对困境,助力往往就潜藏在困境中。一切都决定于我们自己。我们在追求理想的过程中会遇到许多困境,我们一定要以积极的态度来应对。鲸鱼每一次的沉潜都是为了跃出海面的壮丽的瞬间;破茧成蝶前痛苦的挣扎是在积蓄那一瞬间的美丽。我们要愉快的面对困境。记住以下五个快乐的小秘诀:一、不要存有憎恨的念头。二、不要让忧虑沾染你的心。三、简单地生活。四、多分享。五、少欲求。

美文感悟

人生难免遇到这样那样的困境,英雄满腔热血、知难而上;弱者痛苦绝望、望而却步。我们应该牢记古语"车到山前必有路","柳暗花明又一村"。所以世上没有绝望的处境,只有对处境绝望的人。

积极的人在忧患中能看到机会,而消极的人则会在机会中看到忧患。

所以即使你是一个弱者,或者曾经软弱过。那么看了这则故事,希望你能从中明白:君子善假于物也。再艰难的处境,都有求变的时机,都有转机。

一个人最大的破产是绝望,最大的资产是希望。

以笑声面对残酷的命运

◆文/池元莲

当我的躯体变得轻如鸿毛时,命运可以把我当作一粒浮尘轻意抹去。

1954 年,当美国著名作家海明威上台接受诺贝尔文学奖时,他却谦虚地说道:"得此奖项的人应该是那位美丽的丹麦女作家——嘉伦·璧森。"

海明威所说的这位丹麦著名女作家,就是那位曾经凭电影《走出非洲》获得好莱坞奥斯卡金像奖的女主人公。《走出非洲》这部电影的结尾,打上一行小小的英文字:嘉伦·璧森返回丹麦后成了一位女作家。

嘉伦·璧森从非洲返回丹麦后,不但成为一位在欧美文坛极有声望的女作家,而且在她去世 40 多年后的今天,她和比她早出世 80 年的安徒生并列为丹麦的"文学国宝"。很多国际学者专研她的作品,几乎每一两年便有英文及丹麦文的版本出现。她的故居也成了"嘉伦·璧森博物馆",前来瞻仰她故居的游客大部分是她的文学崇拜者。

嘉伦·璧森离开非洲的那一年,她可以说是一个什么都没有的女人,有的只是一连串的厄运:她精心打理了 18 年的咖啡园因长年亏本被拍卖了;她深爱的英国情人因飞机失事而丧命;她的婚姻早已破裂,前夫再婚;最后,她连健康也被剥夺了,多年前从丈夫那里感染到的梅毒发作,医生告诉她,病情已经病入膏肓。

回到丹麦时,她可说是身无分文,除了少女时代在艺术学院学过画画以外,无一技之长。她只好回到母亲那里,仰赖母亲。她的心情简直陷落到了绝望的谷底。

在痛苦与低落的状况下,她鼓足了勇气,开始在童年时的老家笔耕不辍。一个黑暗的冬天过去了,她的第一本作品终于脱稿,是七篇诡异小说。

她的天分并没有立刻受到丹麦文学界的欣赏和认可。她的第一本作品在丹麦饱尝闭门羹。有的人甚至认为,她故事中所描写的鬼魂,简直是颓废至极。

嘉伦·璧森在丹麦找不到出版商,便亲自把作品带到英国去,结果又碰了一鼻子灰。英国出版商很礼貌地回绝她:"男爵夫人(嘉伦·璧森的前夫是瑞典男爵,离婚后她仍然有男爵夫人的头衔),我们英国现时有那么多的出色作家,为何要出版你的作品呢!"

嘉伦·璧森失望地回到丹麦。她的哥哥突然想起,他曾经在一次旅途中认识了一位在当时颇有名气的美国女作家,于是他毅然把妹妹的作品寄给那位美国女作家。事有凑巧,那位女作家的邻居正好是个出版商,出版商读完了嘉伦·璧森的作品后,大为赞许地说,这么好的作品不出版实在是太浪费了,他愿意为文学冒险。1943 年,嘉伦·璧森的第一本作品《七个哥德式的故事》终于在纽约出版。该书出版后一鸣惊人,不但好评如潮,还被《这月书俱乐部》选为该月之书。当消息传到丹麦时,丹麦记者才四处打听,这位在美国名声鹊起的丹麦作家到底是谁?

嘉伦·璧森在她行将 50 岁那年,从绝望的黑暗深渊,一跃而成为文学天际一颗闪亮的星星。此后,嘉伦·璧森的每一部新作都成为名著,原文都是用英文书写,先在纽约出版,然后再重渡北大西洋回到丹麦,以丹麦文出版。嘉伦·璧森在成名后说,在命运最低潮的时刻,她和魔鬼做了个交易。她效仿歌德笔下的浮士德,把灵魂交给了魔鬼,作为承诺,让她把一生的经历都变成了故事。

嘉伦·璧森把她一生各种经历先经过一番过滤、浓缩,最后才把精华部分放进她的故事里。她的故事大都发生在 100 多年前,因为她认为,唯有这样她才能得到最大的文学创作自由。熟悉嘉伦·璧森的读者,在其作品中一定可以觅得她的影子。

嘉伦·璧森写作初期以 Isak Dinesen 为笔名,成名后才用回本名。Isak,犹太文是"大笑者"的意思。她之所以采用这笔名,也许是在暗示世人,以笑声面对残酷的命运。

嘉伦·璧森成为北大西洋两岸文学界的宠儿后,丹麦时下的年轻作家皆为她的作品和文学倾倒,把她当女王般看待。74 岁那年,她第一次拜访纽约。纽约文艺界知名人士,包括赛珍珠和阿瑟·米勒皆慕名而来。但嘉伦·璧森为她的文学也付出了很大的代价,她的梅毒给她的身体带来极大地折磨,当梅毒侵入她的脊柱时,她常痛得在地上打滚。晚年时,她变得极其消瘦、衰弱、坐、立、行皆痛苦不堪。

嘉伦·璧森死时 77 岁,死亡证书上写的死因是:消瘦。正如她晚年所说的两句话:"当我的躯体变得轻如鸿毛时,命运可以把我当作一粒浮尘轻意抹去。"

美文感悟

世事难料,命运无常,不同的态度带来不同的人生。面对者将受到人们的尊敬,逃避者将遭到人们的鄙夷。

掩卷沉思,细细回味,世界上许多事都不是一帆风顺的。著名的科学家诺贝尔,他把一生的精力花在了发明炸药身上。有一次,诺贝尔的实验室传出了爆炸声。在剧烈的轰响中,实验室化为灰烬,所有研究成果付之东流,诺贝尔的弟弟被炸死,父亲被炸残。面对命运的警告,诺贝尔仰起头颅,勇敢面对,继续研究,终于发明了黄色炸药,为人们打通隧道、开凿矿井做出了极大的贡献。诺贝尔的勇敢面对改变了世界。

人生会有无数次的"跌倒",只有不怕命运、挫折与困难,勇敢地站起来,人生才会有新的起点,才会有辉煌的成功。

埋掉过去的尾巴

◆ 文/佚 名

过去的只能是历史。把它彻底埋没吧！不要留着尾巴。我们可以回顾，但不要把尾巴揪出来折腾。过去的荣耀已是过眼云烟，过去的恶，如果大家都在努力，何必再计较。

有两个关于尾巴的故事。

第一个是说猴子是行为和意识最接近人类的动物。有一种猴子，过着群居的生活，每当族群中的成员死了，猴子们一起用"手"在地上挖一个坑，然后把死者的身子埋葬，将它的尾巴直接露在外面。猴子们开始围着坟墓哀鸣。这时如果一阵风吹来，尾巴随风摇动，大家以为它死而复生，于是由悲转喜，七手八脚地把死者挖出来，折腾一翻，毫无生气，于是再埋葬，再哀号。这种痛苦的过程要重复好几次，大家终于意识到死者确实没有生的希望，最后把尾巴连同尸体一同埋掉。葬礼于是在无可奈何中结束。

第二个是说有个 10 岁的小男孩希望长大后成为一名牧师。有一天，家里的黑猫死了，他期待的"实习"布道的机会终于来了。他找来一只鞋盒，将猫咪的遗体放在其中。但是当他盖上盒盖时，尾巴装不进去，因此他在盒盖上打了个洞，好将毛茸茸的尾巴露出来。之后，他召集了他的朋友们，拿出了仔细准备的讲稿，做了精心排练过的讲演，并将猫儿埋葬在一个浅浅的坟墓中。当葬礼结束后，他发现猫咪的尾巴仍然露在外面，每隔两三天，他就好奇地偷偷抓着猫咪尾巴把它拉出来，再重新埋葬一次。终于尾巴断了，猫咪的尸体总算可以好好地入土为安了。

这两个故事让我联想到，我们有多少人对待别人的和自己的那些过去的错误和已被原谅的罪过，也是用同样的方法。这个世界上没有任何事情可以重来，过去的只能是历史但我们总是不断旧事重提并为之断肠。

即使是上帝，也已经清楚地告诉我们，这些丑陋的过去只要认罪一次就永远无需牵挂。

过去的只能是历史，把它彻底埋没吧！更不要留着尾巴。我们可以回顾，但不要把尾巴揪出来折腾。过去的荣耀不值一提。过去的恶，如果大家都在努力，何必再计较。没有必要把那些过往的作为一种包袱背在身上来走现在的和将来的路。原谅别人，也放过自己。

美文感悟

"往者不可谏，来者犹可追"，过去已经化为永恒而不可改变。如果人类不放弃茹毛饮血的生活，至今还会在原始社会停滞不前；如果爱迪生在他第一项发明失败后就没有了从头再来的勇气，那么一定不会有一千多项的发明；如果进入南极的考察队被一次暴风雪击退就退回的话，就不会有人类对极地的更深刻的认识。过去也曾是现实，而今天也将立刻成为过去。我们不能沉湎于过去，还是让我们埋葬它，去怀念那过去的时光。然后，我们应该坦然地开创新的生活，唯有如此，才会有新的骄阳出现在你生命的天际之上。

努力克服自己的缺憾

◆文/佚 名

他之所以成为伟大的人物，完全是由他的一切不幸促成的。他学到了由克服自己的缺憾而获取胜利的秘诀。

拿破仑的父亲是一个极高傲但是却又很穷困的科西嘉贵族。父亲把拿破仑送进了一个在布列讷的贵族学校，在这里，与他往来的都是一些在他面前极力夸耀自己富有、讥讽他穷苦的同学。这种一致讥讽他的行为，虽然引起了他的愤怒，但他却只能一筹莫展，屈服于威势之下。

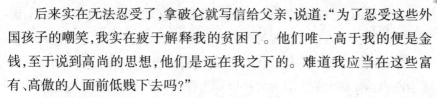

后来实在无法忍受了,拿破仑就写信给父亲,说道:"为了忍受这些外国孩子的嘲笑,我实在疲于解释我的贫困了。他们唯一高于我的便是金钱,至于说到高尚的思想,他们是远在我之下的。难道我应当在这些富有、高傲的人面前低贱下去吗?"

"我们没有钱,但是你必须在那里读书。"这是他父亲的回答,因此他忍受了5年的痛苦。但是每一种嘲笑、每一种欺侮、每一种鄙视的态度,都给他增加了决心。他发誓要做给那些同学看看,他确实是高于他们的。他是如何做的呢?这当然不是一件容易的事,他一点也不空口自夸,他只在心里默默计划。他决定利用这些愚蠢却很傲慢的人作为台阶,去使自己得到技能、财富、名誉和地位。

等他到了部队时,他看见他的同伴正在用多余的时间追求女人和赌博。而他那不受人喜欢的体格使他决定改变方针,用埋头读书的方法,努力和他们竞争。读书是和呼吸一样自由的。因为他可以免费在图书馆里借书读,这使他得到了很大的收获。他并不是读没有意义的书,也不是专以读书来消遣自己的愁绪,而是为自己将来的理想作功课。他下定决心要让全天下的人知道自己的才华。因此,在他选择图书时,也就是以这种决心为选择的范围。他住在一个既小又闷的房间内。在这里,他孤独,无助,毫无生气,但是他却不停地读下去。他想象自己是一个总司令,他将科西嘉岛的地图画出来,地图上清晰地指出哪些地方应当布局防范,这是他用数学方法精确地计算出来的。因此,他的数学才算获得了提高,这使他第一次有机会表示他能做什么。

他的长官看见拿破仑的学问很好,便派他在操练场上执行一些任务,这些任务是需要极复杂的计算能力的。他的工作做得极为出色,于是他又获得了新的机会。拿破仑开始走上追求权势的道路。

这时,一切的情形都改变了。从前嘲笑他的人,现在都涌到他面前来,想分享一点他得的奖金;

从前蔑视他的人,现在都渴望成为他的朋友;从前揶揄他是一个矮小、无用、死用功的人,现在也都改为尊重他。他们都变成了他的忠诚随从。假使他那些同学没有嘲笑他的贫困,假使他的父亲允许他退出学校,他可能不会成为如此伟大的人。他之所以成为伟大的人物,完全是由他的一切不幸促成的。他学到了由克服自己的缺憾而获取胜利的秘诀。

美文感悟

若想胜利要扬长避短,发挥自己的优势。面对别人的挖苦、讽刺,我们不应发怒,那样只会让我们激动不安、失去理智。我们应该坚忍,更加坚定自己的信心,用巨大的成功来回击他们。

拿破仑果然与众不同,他也确实肯下工夫,不过还有一种力量比知识或吃苦更为重要,那就是他那种超越戏弄他的人的雄心。伟大的人认为生活是可以改造的,他们在缺陷面前勇敢面对,从不屈服。他们也许会对他当时所处的环境不满意,不过他们的不满意不但不会使他们抱怨和不快乐,反而会使他们充满斗志,想闯出一番事业来。这就是伟人的卓越之处。

别把困难在想象中放大

◆文/莫 芮

有时困难在想象中会被放大 100 倍,而事实上,只要走出了第一步,你就会发现,那些麻烦与困难有时只是自己吓自己。

琼斯大学毕业后如愿进入当地的《明星报》任记者。这天,他的上司交给他一个任务:采访大法官布兰代斯。

第一次接到重要任务,琼斯却是愁眉苦脸。他想:自己任职的报纸又不是当地的一流大报,自己也只是一名才开始做这一行,默默无闻的小记者,大法官布兰代斯怎么会接受他的采访呢?同事史蒂芬得知他的苦恼

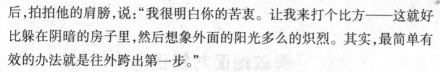

后,拍拍他的肩膀,说:"我很明白你的苦衷。让我来打个比方——这就好比躲在阴暗的房子里,然后想象外面的阳光多么的炽烈。其实,最简单有效的办法就是往外跨出第一步。"

史蒂芬拿起琼斯桌上的电话,找布兰代斯的办公室电话。不久,他与大法官的秘书联系上了。接下来,史蒂芬直言相告道出了他的要求:"我是《明星报》新闻部记者琼斯,我奉命访问法官,不知他今天能否接见我呢?"旁边的琼斯吓了一跳。

史蒂芬一边接电话,一边不忘抽空向张口结舌的琼斯扮个鬼脸。接着,琼斯听到了他的答话:"谢谢你。明天 1 点 15 分,我准时赴约。"

"瞧,开门见山地向人说出你的想法,不就管用了吗?"史蒂芬向琼斯扬扬话筒,"明天中午 1 点 15 分,你的约会定好了。"始终在旁边看着整个过程的琼斯面色放缓,似有所悟。

多年以后,昔日胆怯的琼斯已成为了《明星报》的台柱记者。回顾此事,他仍觉得刻骨铭心:"从那时起,我学会了单刀直入的办法,而且,第一次克服了心中的畏怯,下一次就容易多了。"

困难在想象中被放大,只要走出第一步,就会发现不是困难只是自己吓自己。

美文感悟

困难是人心中的魔鬼,你畏惧他,他就会更张狂;你不畏惧他,他就只能退缩!有时候困难只是你自己想象出来的。古罗马哲学家塞内加说,差不多任何一种处境——无论是好是坏——都受到我们对待处境的态度的影响。

换个角度,如果你以为你能,或者你认为你不能,你都只说对了其中之一。只要我们给自己勇气,勇敢地迈出第一步,超越自我,在困难面前不低头,把压力转化为动力,我们便能取得成功,便能改变平庸的命运。

勇敢地面对错误

◆文/佚　名

为了恐惧错误而故步自封；或是由于过去的决策的错误，造成重大损失，而自己裹足不前，岂不正如前述那位教授出版空白纸张一般？

有一位著名的生物学权威教授拉塞特，他发现很多的生物学著作都存在大量的错误，因此他决心写一本毫无半点差错的生物学论著。

经过一段时间，拉塞特教授的巨著在人们的期待中写作完成了，书名叫做《夏威夷毒蛇图鉴》。许多钻研生物学的人，都十分急切地想一睹这本号称"内容绝无错误"的生物学巨著。

但每个拿到这本新书的人，在翻开书页的时候，人们几乎不约而同地急忙翻遍全书。而看完整本书后，每个人的感觉也全都相同，脸上的表情亦是同样的惊愕。

原来整本的《夏威夷毒蛇图鉴》，除了封面几个大标题的大字之外，内页全部是空白。也就是说，整本《夏威夷毒蛇图鉴》里，全都是白纸。

大批记者涌进拉塞特教授任职的研究所，他们争相访问教授，想弄清楚为什么会是这样。

面对记者的镁光灯，拉塞特教授轻松自若地回答："对生物学稍有研究的人都知道，夏威夷根本没有毒蛇，因此没有内容可以写。"

拉塞特教授充满智慧的双眼，闪烁着奇特的光芒，继续说道："既然整本书是空白的，因而是挑不出任何错误的，所以我说，这是一本有史以来唯一没有错误的生物学巨著。"

为了恐惧错误而故步自封；或是因为害怕再次因决策的错误，造成重大损失，而自己裹足不前，这就正如同拉塞特教授一样。重要的是，我们的人生焉能留白？生命笔记当中，还有无数的空白页面，需要我们勇敢地提起行动的彩笔，去描绘丰富灿烂的精美图鉴。

美文感悟

瑕不掩瑜，即便是最好的好人，也难免犯过错误。人生一世，错误在所难免。面对错误，我们应当如何对待？法国作家雨果曾说："尽可能少犯错误，这是人的准则；不犯错误，那是天使的梦想。尘世上的一切都是免不了错误的。错误犹如一种地心引力。"既然不可避免，我们只有勇敢的去面对。

不管怎样，勇敢是唯一的真正对我们有用的支撑我们生活的品质。如果失去了勇气，你根本无法面对黑夜，面对寒冷，面对以后的生活，更无从面对错误了。

面对错误，我们唯有谦逊，只有这样，在未来才能避免昨天和今天的过失。

挑战错误，你会发现生活充满乐趣。

躲不过的弯路

◆文/张爱玲

在人生的旅途上，有一条路每个人非走不可，那就是年轻时候的弯路。不摔跟头，不碰壁，不碰个头破血流，怎能炼出钢筋铁骨，怎能长大？

在青春的路口，曾有那么一条小路，若隐若现，吸引着我前行。

母亲拦住我："千万不要走那条路。"

我不信。

"我就是从那条路走过来的，你还有什么不信？"

"既然你能从那条路走过来，我也能行啊！"

"但那会走弯路。"

"但是我喜欢，而且我不怕。"

母亲心疼地看着我好久，然后叹了口气："好吧，既然你这么坚持，那条路很难走，一路小心！"

上路后，我发现母亲没有骗我，那的确是条弯路。我碰壁，摔跟头，有时碰得头破血流，但我都坚持走下去，终于走过来了。

坐下来喘息的时候，我看见一个朋友，很年轻，正站在我当年的路口。我忍不住喊："那条路最好不要去走。"她不信。

"我母亲就是从那条路上走过来的，我也是。"

"既然你们都可以从那条路上走过来，我为什么不能？"

"我不希望让你走和我同样的弯路。"

"但是我喜欢。"

我看了看她，看了看自己，然后笑了："一路小心。"

我很感激她，她让我发现我已不再是无知的少年，已经能够扮演过来人的角色，同时也患有过来人同样的"拦路癖"。

在人生的路上，有些道路没办法避免，那就是年轻时候的弯路。不摔跟头，不碰壁，不吃点儿苦头，也就无法成熟，无法真正长大。

美文感悟

在成长的过程中，父母、老师，或者其他长辈经常善意地提醒我们：你走那条路是行不通的，应该走这条路；你那样行事是无法成功的，应该这样做。但"初生牛犊不怕虎"，我们相信，前方的路上一定有更多的惊喜，也有更加绚丽的风景。因此，青春的脚步不会因为阻碍而停止，青春的翅膀不会因风雨而缩拢。也许这条路上没有鲜花和掌声，但我们仍愿意执著前行，因为每迈出一步、每经历一个短暂而新鲜的瞬间，都会带给我们无限的惊喜与感悟。阳光总在风雨后，"不经历风雨，又怎能见彩虹？"何不用生命、用热情的青春去书写真理，书写一个不一样的未来？

没有人会死在这里

◆文/凡 商

一句鼓动的话语,就是给对方一个免费却珍贵的礼物。它在我们的生命里,微不足道,却往往珍贵无比。

有时候,创造奇迹的不是巨人,而是一句简单的话语。

多克是一个信差,他以为人传递幸福作为自己的使命。因此,他的口袋里总是装着许多小纸条,上面写着一些鼓励性的话。他将信件和电报送到人们手中的同时,将其中的一张纸条交给他们并告诉他们"今天是美好的一天","要笑口常开","别再烦恼"。

第二次世界大战期间,多克因为年龄太大而没有入伍,但他自告奋勇到野战医院做了一名志愿者,奉献自己的力量。

有一天,他突发奇想,在医院的墙上写了一句话:"没有人会死在这里。"他的行为引起了大家的注意,医院的人都不以为然,也有人认为这句话没什么意思,不必理会。

那句话没有被擦掉,于是就一直留在了那面墙上。后来,不仅伤员,就连医生、护士,包括院长,渐渐地都记住了这句话。

伤病员们为了不让这句话落空而坚强地活着,医生和护士为了这句话,尽力地给予病人最精心的医治和护理。这个医院变成了一个坚强的医院,每个人的脸上都有一种盼望和坚毅的表情。

有时候,创造奇迹的不是巨人,而仅仅是一句简单的话语。而一句鼓励的话语,就是给对方一个免费却珍贵的礼物。这句话的份量在我们的生命里,微不足道,却往往重如千钧。

美文感悟

信念是一粒种子,人生从来没有真正的绝境,无论遇到多少困难,只要心中还怀着一粒信念的种子,就能走出困境,只要种子还在,希望就在。

因为自信,在地下沉默了一个冬天的种子终于破土而出,为那第一缕阳光而不懈拼搏。

"没有人会死在这里",给了医院里所有的人以活下来的信心,使每个人的脸上都有了一种盼望和坚毅的表情,于是他们树立了闯过生死难关的信心。

生活中何尝不是如此,只要有不死的信念在,就会拥有冲破险阻,赢得胜利的机会。所以我们应该无畏生死,勇敢地抬起头,露出我们自信的微笑。

永远不晚

◆文/孙盛起

老人笑吟吟地反问:"姑娘,你以为我如果不学,两年以后就是66吗?"

日语学习班开学报名时,有一位老者前来报名。

"您是给孩子报名?"登记小姐问。

"不,自己。"老人回答。

小姐很吃惊。屋里那些年轻的报名者也感到不可思议,有的嗤笑。

老人解释:"儿子在日本找了个媳妇,他们每次回来,说话叽里咕噜,我听着着急,我想听懂他们的话。"

"您今年高寿?"小姐问。

"68。"

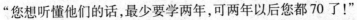

"您想听懂他们的话,最少要学两年,可两年以后您都70了!"

老人笑吟吟地反问:"姑娘,你以为我如果不学,两年以后就是66吗?"

事情往往如此:我们总以为开始得太晚,因此放弃。殊不知只要开始,就永不为晚。明年我们增加一岁,这不会因我们的意志而转移;明年我们同样增加一岁,可有人有所收获,有人毫无所得——差别只在于你是否开始。

老人学与不学,两年以后都是70岁,差别是:一个能开心地和儿媳交谈,一个依然呆在一边不知所云。

最受读者喜爱的美文 1

美文感悟

少而好学,如日出之阳;壮而好学,如日中之光;老而好学,如秉烛之明。

学习永远不晚,有一位哲人曾经说过,人类唯一的罪过便是无知。幸运的是,人类有从自然、从经验中学习的禀赋。这让我们的生活有了光明,让人类的未来充满了希望。

我们从呱呱坠地的那一刻开始,逐渐学会适应生活,适应周围的环境。于是面对学习,人生的态度有了很大的区别。有的人认为自己的学识已经足以应对人生从而放弃学习,有的人则恋上了学习的乐趣,从而更加努力地学习,去探索更高的人生境界。

书到用时方恨少,但此时我们学习新知仍然为时未晚。

千里之行,始于足下。活到老,学到老,生命将会永放光彩。

信念会长出奇迹

◆文/李 芸

一块地,不适合种麦子,可以试试种豆子;豆子也长不好的话,可以种瓜果;瓜果也不济的话,撒上一些荞麦种子一定能开花,因为一块地,总有一粒种子适合在地面生长,也终会有属于它的一片收成。

有一个女孩,没考上大学,被安排在本村的小学教书。由于讲不清数学题,她很快就被学生轰下台。母亲安慰她说,满肚子的东西,有人倒得出来,有人倒不出来,也许有更适合你的事情等着你去做。后来,她又随本村的伙伴一起外出打工。不幸的是,她又被老板轰了回来,原因是她在剪裁衣服的时候,手脚太慢了,质量也不好。母亲对女儿说,手脚总是有快有慢,别人已经干了很多年了,而你却刚刚才学着做,怎么快得了?以后女儿又当过纺织工,干过市场管理员,做过会计,但无一例外,都半途而废。然而每次女儿沮丧回来时,母亲总安慰她,从没有抱怨她。

30岁时,女儿依靠一点语言天赋,做了聋哑学校的辅导员。后来,她又开办了一家残障学校,再后来,她在许多城市开办了残障人用品连锁店,现在,她已经是一个拥有几千万资产的老板了。

有一天,功成名就的女儿凑到已经年迈的母亲面前,她想得到一个一直以来想知道的答案:那就是她连连失败,自己都觉得无可救药的时候,是什么原因让母亲对她那么有信心呢?母亲说:"一块地,不适合种麦子,可以试试种豆子;豆子也长不好的话,可以种瓜果;瓜果也不济的话,撒上一些荞麦种子一定能开花,因为一块地,总有一粒种子适合在地面生长,也终会有属于它的一片收成。"

美文感悟

　　信念是巍巍大厦的栋梁，没有它，大厦永远只是一堆散乱的砖瓦；信念是滔滔大江的河床，没有它，大江就只是一片泛滥的波浪；信念是熊熊烈火的引星，没有它，烈火就只是一把冰冷的木柴。信念是获得成功的首要保证。要有成功的信念，才能在追求成功的道路上迈开大步，找到合适的人生坐标，在一个能充分发挥潜能的舞台上展示生命的美丽。

　　"天生我材必有用"，"三百六十行，行行出状元"，所以我们不必抱怨某一目标暂时未能实现，不要抱怨某一天赋暂时没有得到发挥。一块地，不适合种麦子，可以试试种豆子；豆子也长不好的话，可以种瓜果……只要我们相信自己，坚定成功的信念，勇敢地去尝试，生活会更加美丽。

四毛钱的信心

◆文/马国福

　　我们不是缺少希望，而是当我们遇到挫折时总是轻言放弃；我们不是缺乏信心，而是缺乏相信自己的勇气。

　　上大学时我是校报记者团的记者。

　　当时我的指导老师是当地一家大报的记者，他有着一颗严父慈母般的心。每逢周末他就会从报社拿一些报纸让我们到外面去卖，卖报所得只需向报社象征性地每份交5分钱管理费，其余归我们自己所有。他经常对我们说："不当家不知

柴米贵,事非亲历不知难,你们慢慢就会体会到父母亲供你们上大学的艰辛了。"

那天,古城西安的气温高达 38 摄氏度,我们几个校报记者分头出击,出发前个个胸有成竹。我决定在人流相对集中的十字路口、公交车站、商场门口叫卖。

也许是拉不下脸皮,事先充分酝酿好的词,我一个字都叫不出来。我低声喊出了"卖报"两个字时,脸早已涨得通红,额上渗出了一层汗。我试着喊了好几遍,看到旁边没有人注意,我才大声地喊出了:"卖报!《西安晚报》、《华商报》、《三秦都市报》,不看不知道,精彩内容让你忘不了。"听着自己蹩脚的叫喊,我都感到可笑。走了很长一段路,也喊了很长一段路,但是我叫卖的报纸就是无人问津。许多打扮入时的行人向我投来异样的目光,有的还以戏弄的口气取笑我:"小伙子,卖一份报纸还不够你吸一支香烟,不嫌累啊。"我的脸越来越红,真想找个地缝钻进去。一个手持大哥大、身穿名牌 T 恤的中年人拿出四毛钱在上面吐了一口痰,然后扔在地上。他说:"只要你把它捡起来,我就买了你全部的报纸。"说完他得意地点了一支高档香烟,得意洋洋地抽了起来。旁边的人围了过来。我感觉受到了极大的侮辱,便回了他一句:"不稀罕,还是留给你上厕所交费吧。"说完便头也不回地走了。

当我走在返校的路上时,耳边回响起了指导老师说过的"事非亲历不知难"那句话,我又想起了每个月按时收到父母从千里之外寄来的微薄的汇款时那种心情,那是父母用沾满泥巴的双手苦苦挣来的钱,它负载着何等的艰辛与希望……

我收回了那份打退堂鼓的心思,浑身似乎充满了力量。我又重新放开脚步,大大方方地叫卖。在一家饭店门口摆烟摊的一位老人买了一份报纸,我得到了四毛钱。他说:"看你这个样子就知道你是学生娃。我的孩子在外地上大学,有时也参加勤工俭学。你们年轻人敢闯的这股劲儿很宝贵。你们应该好好锻炼自己,有些东西是书本上学不到的。"我向他诉说了刚才的遭遇,他露出了慈祥的笑容:"小伙子,不要在意这些。活着就得有一种精神,不管别人对你怎么说,你都必须昂首挺胸坦然面对,有志者,事竟成,我相信你懂的道理比我多,我不多讲了。希望你坚持卖下去,不要害羞。祝你今天交个好运。"

老者的一番肺腑之言让我感动不已。这四毛钱燃起了我的希望之火,心中陡增一股说不出的激情。我不停地在人群中穿梭……到下午4点时我将30份报纸全部卖出。握着卖报所得的12元钱,我心里百感交集。下午我空着肚子走向学校,路过一家冷饮店,里面的冷饮让人口水直流,但我连一根两毛钱的冰棍也没舍得买。

我拖着疲惫的身躯走进了校报编辑室,我的同学不到中午就回来了,有的只卖出了三四份,有的一份都没卖出去。他们说报纸没卖出去,吃饭打的却花了十几元钱。

我终于明白了指导老师的良苦用心。我们不是缺少希望,而是当我们遇到挫折时总是轻言放弃;我们不是缺乏信心,而是缺乏相信自己的勇气。人生的道路上,有可能人人都能收获成功,它只钟情于信念坚定的人。四毛钱的信心让我掂出了一分钱的分量,它让我领略到了人生的广阔与无垠。

美文感悟

尽管人类是地球的主人,但生活并不轻松。随着社会的进步,我们愈加依赖身体发肤之外的条件。我们需要适应现代生活的必备知识,我们需要了解现代社会的各种行为规则。我们必须要通晓比以往更多的技能才能立足于这个时代。

我们把自己从繁重的体力劳动中解放了出来,而我们又需要面对和迎接新一轮的挑战,这便是挑战自己。我们需要更勇敢,更独立。与以往人类单纯与恶劣的自然环境斗争不一样,我们现在更多地是与无法想象的困难和危机作斗争,若说以往的敌人是有形的,那么现在的敌人则是无形的。

海洋中没有浪花击不起千层浪,生活中不经历挫折成不了强者。面对未知,人类面临的压力更大。无论任务有多么艰巨,我们都必须从自身开始,从克服怯懦、增强勇气开始。即使是推销一份报纸,我们也需要勇气,虽然谈不上艰难困苦,但我们却需要克服一些己所不愿的障碍。

心中只有目标

◆文/刘少才

在漫漫的航海征途上、大风大浪,虽然经常风云变幻,但他的心中却有别人看不见、摸不着的追求。

船上新来一批水手,他们经过简单的培训后就上船工作了。其中有一个小水手,性格很内向,沉默寡言,水手们平时有事没事也都习惯拿他开涮。老水手长也看不上他,让他与别人干一样的活,值一样的班不说,一些其他的活总是让他去干。比如说敲铁锈,应该是去休息了,老水手长把一串钥匙一丢:"去,把我房间的大茶壶拿来。"别的水手晕船了,老水手长也总是让小水手顶上。就连老木匠病了,那些打补丁的活也都扔给小水手。

有一天,小水手与兄弟们在一起聊天,他发现别人过得都很清闲,只有他一个人整天忙忙碌碌,想休息都不行。刮风下雨,别的水手回房间睡大觉,而那个不讲情面的老水手长不是让他缝救生圈,就是让他学习打绳结。看小水手敢怒不敢言的样子,老水手长甩下一句话:"你今天要给我打10种绳结,每种绳结打10遍,不然你就别吃饭。"遇到插钢丝这样棘手的活,老水手长说:"我干不动了,你来吧。"工人卸完货,老水手长也指派小水手爬上桅顶把吊车放好。甚至在甲板上干活,收拾工具这样收尾的零活,也让他来做。有的水手背后幸灾乐祸:"瓜还捡软的捏呢,让那傻小子干去吧,看他那窝囊样。"于是小水手找到老水手长问:"你干吗总看不上我,听说我们还是老乡呢,脏活、累活、苦活为什么总是让我干?"小水手委屈得都要哭出声来。老水手长不气不恼地说:"就因为我们是老乡,我怕别人说我保护你,以后不好开展工作。"

最受读者喜爱的美文

1

　　船在外面转悠一年后回国,公司来船考核,船容、船貌及整体条件已经够上先进船舶的候选条件,准备报公司批准。对水手个人技能考核时,十多项内容,小水手样样拿第一名,其他水手们都傻了眼。公司主考人员问大家:"同样一种水手工艺,你们怎么就没小水手干得快呢?"众人回答:"我们平时就是这么干的。"问小水手时,小水手回答:"我干每一项工作,都想着快点干完,早点结束,久而久之就养成了一种习惯,自然就成了这样。"

　　老水手长闻言露出欣慰的笑容,他插话说:"活少了,眼睛里反而没有数了。只有干不完的活,才能磨炼一个人的意志。"

　　本航次结束,小水手从二水破格提拔成一水。三年后,当同时上船来的水手们都晋升为一水的时候,这个再普通不过的小水手被破格提拔为水手长。几年后他自学驾驶技术,十年后他考取了船长,是唯一一名没有进过高等学府的船长。在漫漫的航海征途上,虽然经常大风大浪、风云变幻,但他的心中却有别人看不见、摸不着的追求。

　　人之所以不快乐,觉得压力大,喜欢争论与好辩,都是因为在生活中找不到意义、目标和方向。苦累、晕船、寂寞,这不是航海最大的障碍,最大的障碍是看不见前进的方向。只要心中的灯塔常亮,哪怕是惊涛骇浪,黑云压顶,航海线上也永远是一片光明。

美文感悟

　　悠闲容易导致涣散,并滋生懒惰。心理学家研究证明,23天可以让人培养成一种习惯。忙碌的生活状态可以让人牢记自己的目标,而悠闲安逸只会让目标更加渺茫,直至消失。

　　孤单的飞鸟使劲挥动翅膀寻找家的方向,勇敢的飞蛾舍命扑向灯火的方向,年轻的心坚强地追逐风、追逐太阳、追逐理想的方向。

　　不因不幸而故步自封,不因厄运而一蹶不振。真正的强者,善于从顺境中找到阴影,从逆境中找到光亮,时时校准自己前进的目标。只有这样,远航的人生之舟,才能在迷茫的大海中一帆风顺地到达成功的彼岸。

勇敢地亮出自己

◆文/〔美〕约翰·安德森

做事要有自信，要勇敢地亮出自己。获得别人的欣赏，有时候并不仅仅因为你有才华。而更多地在于你怎样去推销自己，怎样将自己的才华展示出来。

美国钢铁大王卡耐基年轻时候家里贫困不堪，有一天，他放学回家经过一个工地时，他发现一个穿着华丽、像老板模样的人在那儿指挥。

"请问你们在盖什么？"卡耐基走上前去问那位老板模样的人。

"我们要盖座摩天大楼，给我的百货公司和其他公司使用。"那人说道。

"您真出色！我要怎样才能像您这样？"卡耐基十分好奇地问道。

"第一，要勤奋工作……"

"这我早就知道了，大家都这么说。那第二呢？"

"买件红衣服穿！"

听了这话，聪明的卡耐基却感到很困惑："这……这和成功有关系？"

"有啊！"那人指着前面一个工人说道，"你看他们都是我的员工，但因为都穿着清一色的蓝衣服，所以我一个也不认识……"

说完他又指着其中一个穿红衬衫的工人说道："但你看那个穿红衬衫的工人，我一直在注意着他，虽然他的身手和其他人差不多，但是我却特别注意他，所以过几天我会请他做我的副手。"

这是一个听起来有几分荒唐的小故事，至少我觉得用人不可以像这位老板这样"武断"，但是它从另一个方面却告诉我们一个道理：做事要有自信，要勇敢地亮出自己。获得别人的欣赏，靠自己掌握的知识和才华是不够的，而更多地在于你怎样去推销自己，如何将自己的才华展示出来。

美文感悟

成功者仅仅是少数人，多数人的生活毫无波澜。平凡与不凡只是一念之差，若你甘愿平凡，或者你很享受这种平凡中的小快乐，那么你就追随大众吧。

成功者既然只是少数，那么你必须有与他人不同之处。这不是做作，而是你必须跳出大众的圈子去发现问题，思考问题并解决问题。当与众不同的你走在不一样的道路上，体验着不一样的危险和刺激时，也收获着不一样的快乐，那毕竟不是人人都可以体验到的快乐。

只有积极主动的人才能在瞬息万变的竞争环境中获得成功，只有善于展示自己的人才能在工作中获得真正的机会。

成功就是翻越远方的大山

◆文/刘 翔

是约翰逊让我认识到，这是真的。比赛完，他第一个走向我，同样是那个友好的微笑，他拍拍我的肩膀，说了一句："干得漂亮！祝贺你！"在那一刻，我才意识到我赢得了比赛，我击败了世界"跨栏王"！

很早就知道阿兰·约翰逊的名字了，我想每一个练跨栏的人，都知道他的名字，就像踢足球的人知道贝利，打篮球的人知道乔丹那样。

事实上，我一直很关注约翰逊，我知道他以前和我一样，也曾练过跳远，但因为

一次左腿韧带的伤让他选择了跨栏。我为他感到庆幸,如果他真的去练跳远了,那跨栏世界里就少了一位王者了。在 110 米栏 20 个快于 13 秒的成绩中,有 9 个是他创造的! 他是当之无愧的"跨栏王"。

刚练跨栏那会儿,我没有想过有朝一日能看见约翰逊。必须承认,他已成为我的一个偶像。在我眼中,他就是一座远方的大山,我到山脚下的那一天都遥不可期,更不要说逾越这座大山了。2001 年在埃德蒙顿举行的国际田径锦标赛,我不会忘记,那是我和约翰逊的第一次碰面。

很遗憾,那时的我还很普通,虽然说跑了 13 秒 51,基本发挥了自己的水平,然而这个成绩摆到世界的范围来看,就显得太一般了。也正因此,我没有进入决赛,只能作为观众,在一旁感受约翰逊那风驰电掣一般的速度。那次他得到了冠军,成绩是 13 秒 04。我悄悄地问自己:"刘翔,你将来能和他跑得一样快吗?"

比赛一结束,我就找到了约翰逊,让他给我签了一个名,接着,我又和他合影留念。约翰逊对我很客气,也很友好。我清楚,找他签名和要求合影,其实是他的 FANS 才会做的举动,而我是他的对手,这样做并不是很有"面子"。不过我不想考虑这些,我欣赏强者,约翰逊就是我所在的跨栏世界里的强者,即便承认他是我的偶像,也没什么不好意思的。

2002 年,我参加了在希腊雅典举行的国际室内田径锦标赛。那是我第一次和约翰逊肩并肩地站在跑道上,是我和他第一次同场竞技。不过很遗憾,那次比赛,我在跨第二个栏的时候,摔倒了,就半途而废了,我所能看到的,仅仅是约翰逊的背影。

随着我成绩渐渐提高,我和约翰逊面对面"过招"的次数也越来越多。有时候,回头想一想,我自己也禁不住有些气馁,整个 2003 年,我和约翰逊大大小小比了近 10 次,我没有一场胜绩。但可以看到的是,我的成绩,从原来徘徊在第四、五名逐渐进步到了前三名,更多的时候,我一直拿第二名,而约翰逊始终第一名。

毫无疑问,那时候,约翰逊仍然像一座山那样横在我的面前,但我预感到,这座大山已远不再像当初那样遥不可期了,我甚至觉得我已经站在了山脚下,接下来要做的,就是翻越它!

2004年5月8日,日本,大阪,国际田联大奖赛。

这期待的一刻,终于到来了。

我跑了13秒06,而约翰逊的成绩是13秒13。我第一次当面地战胜了约翰逊。此前在瑞士的洛桑,我曾跑出13秒12战胜过他的13秒17,但那时我们分在不同的组,称不上是面对面,我也有点没有战胜他的感觉。

但是,当我第一个冲过终点,第一次让约翰逊看到我的背影的时候,很奇怪,我并没有超乎想象的兴奋。但是,我跑出了13秒06,打破了自己当初创造的13秒12的亚洲纪录,而这个成绩也是当年的世界最好成绩。

但在数万观众的呐喊声中,我迷茫了:我打败了约翰逊? 是真的吗?

是约翰逊让我认识到,这是真的。比赛完,他第一个走向我,同样是那个友好的微笑,他拍拍我的肩膀,说了一句:"干得漂亮,祝贺你!"在那一刻,我才意识到我赢得了比赛,我击败了世界"跨栏王"!

美文感悟

读完这段神采飞扬的文字,我们好像又看到了赛场上那个激情四射的跨栏冠军,那个给中国、给亚洲争得荣誉的刘翔!

成功无法唾手可得,胜利无法一蹴而就。我们应脚踏实地,时刻牢记着我们的最终目标。我们应精神抖擞、勇敢追求、勤奋付出、努力钻研,这样高山不能阻挡我们,大河不能阻拦我们。我们要像刘翔那样,向高强的对手勇敢挑战,向更宏伟的理想冲击,如此,梦想与成功才会飞翔在自由的蓝天上,我们才能赢得尊重与荣耀!

别轻看了自己

◆文/马　军

是的,看重人生,先从看重自己开始。

一次,台湾著名作家林清玄到好友李敖家中做客,他发现李敖将自己开给他的稿费单全都裱糊在墙上,从没领过! 林清玄感到很不理解,便问李敖,李敖说:"你们开给我的稿费远远比不上我的文章价值高。"

无独有偶。一位年轻画家有次画了一幅画到街上出售。一名外国人相中了这幅画,就问多少钱,年轻画家毫不犹豫地报价500美元。外国人觉得有些贵,便说:"可以便宜点吗?"

年轻画家说:"不行!"说着将画撕掉了。

外国人十分惊讶:"年轻人,你怎么能撕碎它呢? 多可惜呀! 500美元不卖,少卖点儿也行啊! 你是生气了吧?"

"先生,我没有生气。这画我要价500美元,说明我认为它值这个价,你跟我还价,说明在你眼中它还不够好,值不了那么多。所以我要继续努力,力争下次画好,直到顾客承认为止。"年轻画家一脸平静地说。

这两个故事的结局是这样的:

事后,林清玄一五一十地把李敖拒领稿费一事告诉了自己所在报社的老板,老板听说后觉得有理,一下子给李敖开出了200万元的稿酬! 而那位不愿自轻自贱,坚信自己的画价值500美元的年轻画家,凭着勤奋,最终也成为了一代宗师,留下了许许多多的传世精品,而他的每幅经典之作又何止值500美元!

是的,看重人生,先从看重自己开始。

也许有人会说,李敖,多大的名气呀,开出那么高的稿酬,自然有人愿意。可那位年轻画家呢? 要知道他在卖那幅画时,还没有名气,靠卖画为生,钱对他来说太重要了,可他依然没轻看自己,也正是凭着这份自信和勇敢,才使他取得了最终的成功,这位年轻画家就是后来成为中国美术馆馆长的著名的雕塑大师刘开渠!

美文感悟

只有明白自己真正的劳动价值的人,才能在挑战中前进。因为如果你根本不知道自己的劳动价值,你何来信心?

看待自己的价值,总会有两个偏颇,一个是高估,一个是低估。高估没有什么不妥,不过是影响了别人对自己的接受能力;低估则影响自己前进的信心。

因此,在人生的道路上无论如何别看轻了自己!如果连自己都看不起自己,还有谁会看得起?

要相信你已具备伟人所具备的一切,唯一缺乏的只是决心!因此,不要放弃你的梦想,人生的意义就是实现自己的梦想。不管你的梦想别人看上去是多么的幼稚与可笑,都要坚持下去!只要走在自己的梦想上,这就已经是幸福。我们永远都要怀有一颗自信的心灵,去挑战和迎接未来!

你并不一定要住在低洼地带

◆文/张国庆

其实,很多时候,我们已经走近了可以获得成功的路口,我们只是没有努力去寻找它。这种出路有时虽然不是太明显,它常常只是一种强烈地摆脱困境的愿望和跳出困境的眼界。

在两个很深的山谷里,有个小乡镇,乡镇居民的生活可以说是苦不堪言:河水泛滥,经常淹没房舍、掠走牲畜;山上的石头也时不时滚到路上,滚进田园,给人们的生活造成障碍。这里的生活的确十分艰苦,但人们也只好如此。

有一天，一位智者来到这里，他告诉人们："问题的症结不在于洪水的泛滥，也不在于山石的滚落和草丛的滞绊，而在于你们自己，是你们选择住在这个低洼地带。"

　　"我们还有其他选择吗？"人们吃惊地反问。

　　"是的，冷静地想想，这个低洼地带只会给你们带来困境。只要住在这里，你们就要和烦恼为伴。只要肯往高处走，问题马上就能解决。"

　　"赶快告诉我们，该如何是好呢？"人们迫不及待地请教。

　　于是，这位智者指导他们在山腰及河谷的上方建造了房舍，这些居民忙不迭地照办。

　　"现在，"这位智者又说，"现在你们可以过上无忧无虑的生活了。其实只要移动你们的住所，一切问题都解决了。"

　　"是啊！现在多轻松啊！"人们欢呼着。

　　"真奇怪！"又有人附和道，"怎么我们从前就没想到呢？"

　　是啊，怎么原来就没人想到呢？是什么遮蔽了人们的眼睛？

　　著名成功学家拿破仑·希尔曾经说过，几乎每个人的眼中都有一根横梁，它阻碍了人们看到别人的优点，也阻碍了人们看到自己的出路。其实，很多时候，我们已经走近了可以获得成功的路上，我们只是没有努力去寻找它。这种出路有时虽然不是太明显，它常常只是一种强烈地摆脱困境的愿望和跳出困境的眼界。

　　事实上，许多困境都是环境造就的，并且在大多时候，我们并不能改变那个环境，但我们却可以改变自己的所在。心理学家指出，人无法因为安慰而改变心情，如果那种心情是真实而深切的。意识只有通过物质变革才能改变。一个痛苦的人，只有变换了引起他痛苦的境遇，才会远离痛苦。俗话说"眼不见，心不烦"，正是此义。换个环境是解决许多心理问题的根本出路。

　　一般来说，一个环境让你别扭，总有它特别的原因，而且这些原因往往都是日积月累形成的，想要改变十分困难，也几乎很少可能因为你的到来而改变。如果你和环境都不准备改变的话，你的继续存在就会使自己和他人都不愉快。在你暂时主导不了这个环境的情况下，你最好选择尽快离开。再强大的动物在它幼弱的时候都不是狼群的对手。

而在你离开的同时,你的新生活也许就开始了。这种新生活往往会带给你新的机遇和人缘,使你的视野更加宽广,机会更加丰富,生活更加多姿多彩,事实上,很多人的人生都是在调换环境后发生转折的。

美文感悟

雪莱说:"除了变,一切都不会长久。"人类宁可在痛苦中长眠,也不希望在改变中挣扎。他们担心林荫小路后是沟壑,于是不敢去采撷;他们担心改变只是更大的痛苦的序言。正如司汤达所言:"一个真正的天才,绝不遵循常人的思想途径。"当众人在困境中挣扎时,你是否看到了困境外的那缕阳光呢?

穷则变,变则通,通则久。无知与固执是人类错误的根源,"无知"用来形容任何人也不会错,"固执"则是不知变通的坚持自己的观念与主张,往往走进死胡同。

因此,愚公有两种选择,一种是移山,一种是移迁。他不是盲然而不作为的。当你做出选择时,你的命运才会真正发生改变。

人的能力是无限的

◆文/佚　名

不可思议的事情发生了,连学生自己都不敢相信,他居然可以将这首曲子弹奏得如此动人心弦!教授又让学生试了第二堂课的乐谱,学生依然呈现出超高水准的表现……演奏结束后。学生怔怔地望着老师,说不出话来。

一位音乐系的学生走进练习室。钢琴上,摆着一份全新的乐谱。

"超高难度……"他看完乐谱后自言自语道,感觉自己对弹奏钢琴的信心似乎已经跌到谷底,消磨殆尽。已经三个月了!自从跟了这位新的指导教授之后,他很难理解教授的用意。他勉强打起精神,用自己的十指奋战、奋战、奋战……琴音盖住了教室外面教授走来的脚步声。

指导教授是个著名音乐大师。授课的第一天,他给自己的新学生一份乐谱。"试试看吧!"他说。乐谱的难度颇高,学生弹得生涩僵滞、错误百出。"还不成熟,回去好好练习!"教授在下课时,如此对学生说。

学生练习了一个星期,第二周上课时正准备让教授验收,没想到教授又给他一份难度更高的乐谱。"试试看吧!"上星期的课教授则没有提及。学生再次挣扎于向更高难度的技巧挑战。

第三周,更难的乐谱又出现了。这样的情形始终持续着,学生每次在课堂上都被一份新的乐谱所困扰,然后把它带回去练习,接着再回到课堂上,重新面临两倍难度的乐谱,但是他怎样都追不上进度,一点也没有因为上周的练习而有驾轻就熟的感觉,学生觉得越来越不安、沮丧和气馁。当教授走进练习室,学生再也忍无可忍了。他必须向钢琴大师提出这三个月来何以不断折磨自己的质疑。教授没开口,他抽出最早的那份乐谱,交给了学生。"弹奏吧!"他以坚定的目光望着学生。

不可思议的事情发生了,连学生自己都不敢相信,他居然可以将这首曲子弹奏得如此动人心弦!教授又让学生试了第二堂课的乐谱,学生依然呈现出超高水准的表现……演奏结束后,学生怔怔地望着老师,说不出话来。

"如果,你只是练习自己所擅长的乐曲,可能你还在练习最早的那份乐谱,就不会有现在这样的程度……"钢琴大师缓缓地说。

美文感悟

人,往往习惯于表现自己所熟悉、所擅长的领域。

日复一日的重复只会成为我们生活、工作的绊脚石。

因此,我们不应迷恋那种驾轻就熟的感觉,而应该不停给自己树立更高更具挑战性的目标。虽然这一过程很艰苦,甚至会让我们感到疲惫。

但如果我们回首，细细检视，便会恍然大悟：看似紧锣密鼓的工作和挑战、永无歇止、难度渐升的环境压力，不是在不知不觉间培养了我们今日的诸般能力吗？

行走的勇气

◆文/〔美〕莱恩·雷福

直到我学会从别人的眼里看待妈妈，比如说学校里的那些孩子，我才体会出她的勇敢和力量：她先移动拐杖，然后再移动另外一条腿，她就是这样在生活的道路上坚定不移地前行着。

放学了，几分钟前还显得喧闹杂乱的大厅恢复了平静。我坐在通道附近的巨大双门边等人，一位同学走过来坐到我身边。当她从窗户向外望去的时候，她好像看到了令她十分吃惊的景象。

"她怎么了？"她轻声叫道。

外面的人行道上，我的母亲正向这边走来。她先挪动一下拐杖，然后再小心地移动一下另外一条腿。每走五六步，她就需要停下来休息一下，抓紧手中的钱包。从马路到大门这一小段距离她要走很长的时间。

妈妈已经安排好了，等我放学后她要找老师谈谈。以前妈妈都是在快到傍晚的时候去见老师的，而且妈妈来学校的时候，我都已经坐上了学校的巴士，在回我们在威斯康星农场的家的路上。今天是我第一次有机会带妈妈去参观我的教室，也是第一次有机会让某些同学见到妈妈，这些同学都是等着骑马

或者有课外活动的。

校车刚刚离开，我就看见爸爸的车开了过来。他在学校前面放下妈妈。我明白妈妈需要我帮她穿越大门，所以我必须保证自己提前等在那里。

我的同学又问了一遍刚才的问题：

"她怎么了？"

我想了想，该怎么说明呢？最后我决定直接告诉她真相。

"她患了脊髓灰质炎。"我说。

"哦……"

她又盯着我母亲看了几分钟。

"她什么时候才会恢复呢？"

"她不会恢复的。"

同学有一会儿没有说话。"什么是脊髓灰质炎？"她最后问道，这是另外一个我不知道该如何回答的问题。

"首先是生病了，就如同患了流感，"我说，"接着就不能走路了。"

她倏地转向我，眼睛因为害怕而变得很大，"像流感？我们也会患这种病吗？"

"哦，不会的，"我赶紧向她保证，"我妈妈是在很久以前得的脊髓灰质炎，那时我还没有出生。如今，我们注射的脊髓灰质炎疫苗可以使自己对这种病产生免疫力。"

我的同学再次转向大门，看着正走过来的妈妈。"不过为什么你妈妈的情况不能有所好转呢？"

妈妈是1942年得的脊髓灰质炎，那个时候她才26岁。那时我的哥哥5岁，姐姐3岁。我是16年后才出生的，是在医生对她说，她再也不能生孩子以后很久出生的。我从小就清楚妈妈的情况，但要让我的同学明白妈妈已经比过去"好多了"是很困难的，但是我还是尽力向他说明。

"她的情况真得好多了，"我说，"她刚患脊髓灰质炎的时候，病得十分重，在医院住了6个月。"

"6个月？"我的朋友叫道。

"后来情况有所好转，她就回家了。"我又加了一句，"不过即使她不再生病，脊髓灰质炎还是让她无法正常行走了。"

妈妈在 11 月份住进了离我们家 250 英里的医院，直到第二年 5 月份才出来。这意味着她不能和家人一起过圣诞节和她的生日，也没有办法一起过结婚纪念日和哥哥、姐姐的生日。在她患病的那些日子里，脊髓灰质炎慢慢使她右腿部分瘫痪，左腿全部瘫痪了。

妈妈终于走到了大门口。我冲了出去，帮她把外面的门打开。她穿过了第一个大门，我的同学又把第二个门打开了。

"嗨，拉尔夫夫人。"她说，不好意思地笑了。

我的妈妈报之以笑容，"十分感谢你帮我打开了门，这对我来说太好了。"

我们三个慢步向教室走去。

"它是不是使你感到很痛苦？"我的朋友脱口而出，"我的意思是说脊髓灰质炎。"

"不，"妈妈边说边移动拐杖，然后再小心地移动另外一条腿，"它并不使我感到痛苦。我只是不能走得很快，仅此而已。"

"我很高兴，"我的朋友说，"我的意思是说，我很高兴它没有令你感到痛苦。"

妈妈再次对那个女孩笑笑。

妈妈走进教室的时候，我又听见其他人在说："她怎么了？"

我畏缩了，觉得许多人都在对妈妈指指点点。

"她患了脊髓灰质炎。"我听我的朋友回答。

"哦，什么是脊髓灰质炎？"

妈妈看着我的眼睛，"没什么，"她平静地说，"他们只是好奇而已。"

我的老师从他的桌子后站起来迎接妈妈。我离开教室，去看爸爸是否把车停好了，他可能在办公室等我们。在大厅里，一个比我大几岁的男孩问我："你妈妈真的得了脊髓灰质炎？"

"是的。"

"我还以为是其他女孩瞎编的，"他解释道，"那么你妈妈现在真的走

最
受
读
者
喜
爱
的
美
文

1

得很慢?"

"没错。"

"我希望她的情况能有所好转。"他在匆匆走开之前说道。

我不想再费力向他解释妈妈的情况不会再有什么"好转"。

后来,每次妈妈到学校去开会或者参加什么活动,都会引起别人的关注和议论。越来越多的孩子认识她,也有越来越多的孩子帮助她,并且和她打招呼。妈妈总是礼貌地回应他们的笑容、祝福,对他们的帮助表示感谢。那些孩子也总是羞怯地笑笑,他们有的还会说:"欢迎您。"就像我们父母和老师教的那样。

我在很小的时候就可以帮妈妈做事情了,帮助她完成那些超出她能力的事情:抖动小毯子,取邮件,或者跑过去接电话。我很高兴这样做。但是我从来没有想过脊髓灰质炎对她造成了多么具有破坏性的影响。毕竟,如果你是在这种环境中长大的,因此也都习以为常。直到我学会从别人的眼里看待妈妈,比如说学校里的那些孩子,我才明白她的勇敢和力量:她先移动拐杖,然后再移动另外一条腿,她就是这样在生活的道路上坚定而有力地前行着。

美文感悟

与众不同有两种后果:获得众人不具备的优势,或者失去众人具备的能力。我们期许获得前面的那种与众不同,而不情愿接受后者。

然而生活并不以人的意志为转移从天而降;不是落在你身上,便是落在他身上;不是今天发生,就是明天发生。

一切都会过去,灾难也是如此。想到这里,我们便觉得宽慰起来,同时也鼓起了面对的勇气。

对于个人,不要认为与众不同是我们的优势,即使你从中受益也应该让众人分享你的快乐。如果你不具备众人的优势,那么你也不应该颓丧。因为,那些优势只是让他们心里觉得宽慰而已,事实上你一样能够走路,一样能够在生活的道路上前进。

我是最棒的

◆文/周翰成

人们往往因为害怕追求成功,失败而甘愿忍受失败者的生活。

有人曾经做过这样一个实验:往一个杯子里放进一只跳蚤,它可以很轻易地跳出来。根据测试,跳蚤所跳的高度一般可达它身体的 400 倍左右,所以说跳蚤可以称得上是动物界的跳高冠军。

接下来实验者再把这只跳蚤放进杯子里,同时在杯子上加一个玻璃盖。"啪"的一声,跳蚤重重地撞在玻璃盖上。跳蚤十分困惑,但是它不会停下来,因为跳蚤的生活方式就是"跳"。一次次被撞,跳蚤开始变得聪明起来了,它开始根据盖子的高度来调整自己所跳的高度。再一阵子以后

呢,实验者发现这只跳蚤再也没有撞击到这个盖子,而是在盖了下面自由地跳动。

一天后,实验者开始把这个盖子轻轻拿掉,然而跳蚤不知道盖子已经去掉了,它还是在原来的这个高度继续地跳。

三天以后,他发现这只跳蚤还在那里跳。

一周以后发现,这只可怜的跳蚤还在这个玻璃杯里不停地跳着——其实它已经无法跳出这个玻璃杯了。

难道跳蚤真的不能跳出这个杯子吗?当然不是。只是它自己已经默认了这个杯子的高度是自己无法逾越的。

让这只跳蚤再次跳出这个玻璃杯子的方法十分简单,只需拿一根小

棒子突然重重地敲一下杯子；或者拿一盏酒精灯在杯底下加热，当跳蚤热得受不了的时候，它就会"嘣"的一下，跳出去。

现实生活中，是否有许多人也过着这样的"跳蚤人生"，年轻时意气风发，屡屡去尝试成功，但是经常失败。在屡屡失败以后，他们便开始不是抱怨这个世界的不公平，就是怀疑自己的能力，他们不是不惜一切代价去追求成功，而是一再地降低成功的标准——即使原有的一切限制已取消。就像刚才的"玻璃盖"虽然被取掉，但他们早已经被撞怕了，不敢再跳，或者已习惯了，不想再跳了。人们往往因为胆怯而不去追求成功，而甘愿忍受失败者的生活。

美文感悟

人人都向往成功，但很多人却没有成功，不是追求不到，而是因为他们默认了一个"高度"：成功是不可能的。"心理高度"是人无法取得伟大成就的根本原因之一。

不要自我设限，不要给自己假想一个莫须有的困境。哪怕你真的碰过壁，摔过跤，也不要放弃，因为"无限风光在险峰"。常人能达到的高度，算不上高度，要超出他们才能形成"高度"。

不敢追求成功，害怕困难的人一定是不自由的，因为他既没有希望达到更高的境界来体验人生，也需费精力来避开那随时不期而遇的困难。战战兢兢的人因而就无法行动自如从而谈不上自由。

追求成功者一定是自由的，因为他根本不惧怕困难，所以没有束缚。他们唯一要做的就是加快脚步，缩短与终点的距离。

所以，自由的人生，是追求成功、取得成功的人生。

最优秀的人是你自己

◆ 文/吴寅铭

　　本来,你就是最优秀的,只是你不敢相信自己,才把自己给忽略,给耽误,给丢失了……

　　古希腊的大哲学家苏格拉底在临终前有一个不小的遗憾——他多年的得力助手,没有成功地为他找到可以作他弟子的优秀的人。事情是这样的:

　　苏格拉底在风烛残年之际,知道自己时日不多了,就想考验和点化一下他的那位平时看来很不错的助手。他把助手叫到床前说:"我的蜡烛所剩不多了,得找另一根蜡烛接着点下去,你明白我的意思吗?""明白。"那位助手大悟似的说,"您的思想光辉需要很好地传承下去……"可是,苏格拉底慢慢悠悠地说:"我需要一位最优秀的承传者,他不但要有高深的智慧,还必须有充分的信心和非凡的勇气……这样的人选直到目前我还未见到,你帮我寻找和发掘一位好吗?""好的,好的。"助手很温顺很尊重地说,"我一定竭尽全力地去寻找,决不辜负您的栽培和信任。"苏格拉底笑了笑,没再说什么。

　　那位忠诚而勤奋的助手,不辞辛苦地通过各种渠道开始四处寻找,可他领来的一位又一位,总被苏格拉底一一婉言谢绝了。有一次,当那位助手再次无功而返,回到苏格拉底的病床前时,病入膏肓的苏格拉底硬撑着坐起来,抚着那位助手的肩膀说:"真是辛苦你了,不过,你找来的那些人,我都看不上……""我一定加倍努力!"助手言辞恳切地说,"即使找遍五湖四海,我也要把最优秀的人选挖掘出来,举荐给您!"苏格拉底笑笑,没有再说什么。

　　半年之后,苏格拉底眼看就要告别人世,最优秀的人选还是没有眉目。助手非常惭愧,泪流满面地坐在病床边,语气沉重地说:"我真对不起您,令您失望了!""失望的是我,对不起的却是你自己。"苏格拉底说到这里,很失意地闭上眼睛,停顿了许久,然后哀怨地说:"本来,你就是最优秀的,只是你不敢相信自己,才把自己给忽略,给耽误,给丢失了……"话没说完,一代哲人永远离开了他曾经深切关注着的这个世界。

那位助手非常后悔,在以后的生活中他都一直责备自己。

美文感悟

自信的人与自卑的人并不是成就上有什么真实的差距,而是心态上的距离。

也许谦虚是一个人的美德,但可能谦虚的人更为胆小,甚至难以承受成功带来的责任。自信的人往往不畏苦难,他们更愿意在风雨中接受洗礼,更愿意接受苦难的磨砺。

"若是我,我会更成功;若我不成功,别人会更失败。"这就是自信。没有自信,便没有成功。一个获得了巨大成功的人,首先是因为他自信,自信使不可能成为可能,使可能成为现实;不自信,使可能变成不可能,使不可能变成毫无希望。

每个人都是最优秀的,差别就在于如何认识自己,如何发掘和重用自己。一分自信,一分成功,十分自信,十分成功。请相信:你才是最优秀的那个人!

我必须做英雄

◆文/〔美〕珍妮·琼斯

是的,我当时很害怕,可是我必须做英雄。

对于檀咪·希尔来说,2002 年的感恩节是个快乐的日子。她开车载着 3 个孩子——1 岁零 8 个月的特里莎、4 岁的特芳妮和 7 岁的特杜斯,

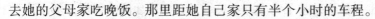

去她的父母家吃晚饭。那里距她自己家只有半个小时的车程。

这是这个家庭破裂之后过的第二个感恩节。檀咪和她的丈夫阿丹斯两年前离婚了,每天晚上8点,孩子们都会像往常一样接到父亲的电话。

那是个星期四,在开车回家的路上,檀咪接到了阿丹斯的电话。她把手机递给了儿子特杜斯。小男孩刚刚说完拜拜,电话又响了。由于够不到特杜斯手上的手机,她解开了安全带,就在她靠近儿子的手时,车失控了。

"我开进了路旁的沟里,车子弹起了两次。"檀咪回忆道,"令人欣慰的是,孩子们都在后面的车座上。我被甩出车窗,马上就不省人事了。"

这个夜晚乌云满天,没有月亮,也没有繁星。阿丹斯的孩子们的生活就在这几秒钟内改变了。妈妈不见了,他们待在一条死寂的马路上的一辆车里,风从破了的车窗吹了进来,像是要将人冻死一样。他们看不到妈妈,也听不到妈妈的声音——她在离车几米远的地方失去了知觉。特杜斯一下子变成了这个家的家长。

"我们动了动,但是被安全带绑着。"特杜斯回忆说,"我打开了安全带的扣子。我有一些害怕,但是看到惊慌的妹妹们,我又不是特别害怕了。"

特杜斯小心地拉过毯子,盖在两个小妹妹身上,然后对他们说他得出去求救。他从破了的车窗爬出去找妈妈。可是在一团漆黑里,他什么也看不见。而在离公路几里远的地方,他发现了奶牛场的灯光。

"特杜斯其实很怕黑,"檀咪讲起了自己的儿子,"每天晚上睡觉的时候,他总是让卧室亮着灯。我十分吃惊他会勇敢地爬出车外。"

"天冷极了。"特杜斯说。那天的天气报道说结了冰,但是他仍然爬了出去。

"他钻过三重篱笆,包括一道电网。"他的妈妈说,"他被划破了耳朵和脸蛋。"

大约20分钟后,特杜斯到达了奶牛场,在一所房子前面停了下来,那是一所移民工人的房子。他们马上就发现到这个小男孩有苦衷,但是他们都不会说英语,无法和他交流。其中一个人立刻跑去找翻译。

最受读者喜爱的美文

1

那个工人很快带来了一个既会英语又会西班牙语的邻居。那个人马上拨打911，并带着特杜斯回到了事故现场。

彼得是第一个到达现场的警察。"特杜斯太令人吃惊了。"他说，"在这么一场事故之后，他还能准确地告诉我他的妹妹们的生日，和两三个亲戚的电话号码。我知道他非常害怕，因为他走到奶牛场对大人们讲话的时候声音都是颤抖的，但这个孩子真是令人难以置信，他给了我所有需要的信息。"

救护车迅速地把檀咪送到医院，医生说如果晚来一刻钟的话，檀咪就可能失血过多没命了。檀咪一直昏迷了三天，当她醒来时，全美的报纸和电视都对特杜斯在那样危急的关头救了全家的事迹进行了报道。

美国著名脱口秀节目把檀咪一家邀请了过去，在节目上特别采访了7岁的小男孩特杜斯。女主持人奥普拉·温弗莉问特杜斯：

"听你妈妈说，平时你是很怕黑的。天气那么寒冷，妈妈又不在身边，是什么力量让你跑了几里路找来救兵的？难道你不害怕吗？"

小特杜斯脸红红的，略带难为情地说："是的，我当时很害怕，可是我必须做英雄。妈妈不见了，我就应该是两个妹妹的英雄，我必须救她们，救我们的妈妈。我希望我们一家人能够永远快快乐乐地生活在一起……"特杜斯的话一说完，节目现场响起热烈的掌声，主持人奥普拉也颇为激动地说："没错，当我们面对危险的时候，我们都应该成为自己的英雄。"

美文感悟

我们从小就被训练着培养责任心。人们常讨论一个人有没有责任心，有没有能力负责。如果他们确定那个人"有"，那肯定他会得到更多的信任。

什么是责任呢？一言蔽之，就是你必须做的。

由此我们明白，责任是必须承担的。

"我必须做英雄！"这不是表明特杜斯有多么地勇敢，也不表示他有

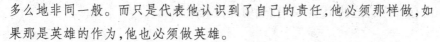

多么地非同一般。而只是代表他认识到了自己的责任,他必须那样做,如果那是英雄的作为,他也必须做英雄。

在学校念好书,在岗位上做好工作,这是我们必须担负起的责任,因为人类为了避免和推迟灭亡就必须进步,必须发展。这就仿佛在危难中,你必须去面对并去解决它,而不是逃避。做你必须做的并做好它,你便是英雄!

责任,是民族的希望!英雄,是人类的希望!

暂时没有成功

◆文/程　良

很多人都坚信,失败是成功之母,但在史泰龙看来,他从未失败过,因为他坚信,根本没有失败,只是暂时没有成功。

一部片酬就高达3000万美金的好莱坞巨星席维斯·史泰龙,年轻的时候在好莱坞跑龙套,一天只挣1美金。为了活下去,他后来又到拳击馆去当陪练,每次都被打得鼻青脸肿。后来,他立志要当影星,于是四处自我推销,居然被人拒绝了1850次还没有放弃。最后,他终于在电影《洛基》中担任主角。《洛基》的剧本是史泰龙本人完成的,剧中男主角的生活原型就是他自己。从此,他一炮而红,并成为"自我超越、顽强拼搏、个人奋斗"的美国精神的象征。

在史泰龙的眼里,这个世界没有失败,只是暂时没有成功。

肯德基快餐店老板是山德士上校,他65岁开始创业。起初他向人推销他的炸鸡秘方,目的是为了挣点现金,没想到,做了1029次炸鸡秘方都没卖出去!最后,被逼无奈,只好干脆自己创业。就因为这样,才有了今天的肯德基神话。在山德士上校的脑海里,这个世界上也没有失败,只是暂时没有成功。

这些事例中的成功者的经历都有一个共同的特征:在他们的字典里,

没有"失败"这两个字,只有"暂时还没有成功"。

美文感悟

可能你正在为考试失败而哭泣;可能你正在为失去友谊而沮丧;可能你正在因别人的误解而气恼。但要明白:在追求成功的过程当中,我们十有八九不会一帆风顺,一定会遇到困难,一定会碰到瓶颈,也一定会有"头撞南墙"的时候。

要是我们还无法成功,是因为自己暂时还没有找到成功的方法,换一种思维,并执著地去追求,最终一定会改变自己的世界。

所以正如我们看到的成功不是永久的,那么我们由此可以相信不成功也是暂时的。

下一次就是你

◆ 文/占砚文

一个人如果遭遇到了灭绝般的打击在生命的最低谷徘徊着,感觉自己支持不下去的时候,其实就是黎明的前夜。只要你坚持一下,再坚持一下,前面肯定是一道亮丽的彩虹。

温暖的阳光不会放弃任何一个微弱的生命!

有一个女孩对足球十分痴迷,一个偶然的机会,她被父母送到了体校学踢足球。

在体校,女孩是一个很平常的球员,因为此前她并没有受过正规的训练,踢球的动作、感觉都比不上先入校的队友。女孩上场训练踢球时常常受到队友们的奚落,说她是"野路子"球员,女孩为此情绪一度很低落。每个队员踢足球的目标就是进职业队打主力。与此同时,职业队也经常去体校挑选后备力量。每次选人,女孩都卖力地踢球,然而终场哨响,女孩总是没被选中,而她的队友已经有不少陆续进了职业队,没选中的也有人悄悄离队。于是,平时训练最刻苦认真的女孩便去找一直对她赞赏有加的教练,然而教练总是很委婉地说:"名额不够,下一次就是你。"天真的女孩似乎看到了希望,树立了信心,又努力地接着练了下去。

一年之后,女孩仍旧未被选上,她实在没有信心再练下去了。她认为自己虽然场上意识不错,但个头太矮,又是半路出家,还有每次选人时,她都迫切希望被选上,因此上场后就显得紧张,导致平时的训练水平发挥不出来。她为自己在足球道路上黯淡的前程感到迷茫,因此就有了离开体校的打算。

这天,她没有参加训练,而是告诉教练说:"看来我不适合踢足球了,我想读书,想考大学。"教练见女孩去意已决,默默地注视着她,什么也没说。然而,第二天女孩却收到了职业队的录取通知书。她激动不已,立马前去报到了。其实,她一直都喜欢着足球。女孩这次很高兴地跑去找教练了,她发现教练的眼中同她一样闪烁着喜悦的光芒。教练这次对她说:"孩子,以前我总说下一次就是你,其实那句话是骗你的,我是不想打击你而告诉你,说你的球艺还不精,我是希望你一直努力下去啊!"女孩一下子什么都明白了。

在职业队受到良好的系统的实战训练后,女孩充满信心,她很快便脱颖而出。她就是获得20世纪世界最佳女子足球运动员称号的我国球星孙雯。

很多年后,孙雯讲述这段往事时,感慨地说:"一个人在人生低谷中徘徊,感觉自己支持不下去的时候,其实就是黎明的前夜。只要你坚持一下,再坚持一下,前面肯定是一道亮丽的彩虹。"

"下一次就是你",不仅给了我们希望,还说明了我们在某些方面还存在不足，仍需努力付出。有句名言说道："磨刀不误砍柴工。"只要不断充实、完善自己，时刻准备着，在逆境中绝不放弃，再坚持一下，你就会明白，下一次见到彩虹的可能就是你。

美文感悟

幸运之神垂青于有准备的人，无数人都理解并相信这个道理，可就是不太会运用。

反过来说，如果你不做准备，便不会得到幸运之神的眷顾。

那么，我们有什么理由害怕失败呢？我们现在所经历的磨难，不过是成功之前的必要准备而已。

然而面对困境，我们更无需悔恨和懊恼，我们应该想象的是，过了这关，应该离成功的大门更近了。

"好事多磨"，如果不知失败的根由，不体会失败的痛苦，又如何能获得成功，并珍惜这来之不易的成功呢？其实，我们每经历一次失败，便更接近成功一步。

一束鲜花改变人生

◆文/苇　笛

实践证明，如果对爱失去了希望，必将导致这个世界上许多悲剧的发生。如果一个人已经对生活失去了信心，没有了进取的动力，导致这一现象最大的原因，就是不积极进取，自甘堕落。

乔治是华盛顿一家保险公司的营销员，为女友买花时认识了一家花店的老板——本，但也仅限于认识而已，他总共只在本的花店里买过两次花。

后来，他因为为客户理赔一笔保险费，被莫名其妙地控以诈骗罪而锒铛入狱,他将要坐20年的牢。闻此消息,女友离他而去。

面对从天而降的灾难,乔治悲愤不已,女友的离去更让他痛苦不堪。只在狱中过了一个月,乔治就觉得自己快要疯了。就在他郁闷难耐时,有人去探望他。乔治在华盛顿没有一个亲人,因此实在想不出来者是谁。在会见室,他不由得怔住了,原来是花店的老板——本,他给乔治带来了一束鲜花。

虽然只是一束鲜花,乔治却从中感受到人间的温暖,重生的愿望在他的心头再一次燃烧。他安下心来,在监狱里读大量的书,钻研电子科学。

6年后,乔治提前获释了。他先在一家电脑公司做雇员,不久自己开了一家软件公司;两年过后,他身价过亿。成了富豪的乔治去看望本,却得知本于两年前破产了,一家人贫困潦倒,全家人一起迁到乡下。乔治说:"是你的一束鲜花使我留恋人世的爱与温暖,给予我战胜厄运的勇气;无论我为你做什么,都无法回报你当年对我的帮助。我想以你的名义,捐一笔钱给慈善机构,让天下所有不幸的人都感到你博大的爱。"

此后不久,乔治便信守诺言捐款成立了"华盛顿·本陌生人爱心基金会"。

一束鲜花竟然起到了如此之大的作用,它给绝境中的乔治带来了希望,燃起了他的生命之火。事实上,这个世界上的许多悲剧都源自于对爱的绝望;对一颗冰冷的心灵来说,最大的可能就是自甘堕落。而我坚信,正是那一份回报本的强烈愿望,督促着乔治不断积极进取。

美文感悟

生命时刻在改变,人生也需要改变,然而有时候改变人一生的,往往不是什么豪言,抑或什么壮举,而仅仅是一声呵护、一个微笑,甚至只是一个眼神!

对我们来说,一束鲜花或许并不会意味着什么,而对需要这束鲜花的人来说,却意味着他的一生!

一束鲜花可以使一颗绝望、冰冷的心复苏,并且迸发出惊人的潜能。

那么我们又何必吝啬生活中的那一束鲜花呢？

于是，在我们不经意的馈赠中，为他人带来的却是一种巨大的财富……

我从不把自己当成残疾人

◆文/〔日〕乙武洋匡

在高木老师的眼中，我与其他孩子没什么不同，都是那样天真无邪，拥有同样的心态，而从乘坐轮椅无端生出的优越感，纯粹是一种自欺欺人的感觉。

沉重的门

我的父母为了让我上学，可谓费尽心机。公立学校原则上不接收残疾儿童入学，残疾儿童要上养护学校，这是理所当然的事。但是，养护学校的教育与普通教育不同，那是一种特殊教育，就因为这个，我的父母很不情愿。他们一直存有想让自己的孩子接受普通教育的愿望。

可是，这一愿望却不是那么容易实现的。因此只好把希望寄托在私立学校。但联系来联系去，一切努力均化作泡影。难道说我要接受普通教育的愿望是异想天开吗？天无绝人之路，有一天我家收到一张明信片，是《入学体检通知书》，父母喜出望外，因为谁也想不到我会轻易地就能进入普通学校就学，何况这张《入学体检通知书》是一所已拒绝过我的公立学校发来的。出乎意料的是，那所学校的人竟说不知道我是一个重残疾儿童。父母绝不可能轻易放弃希望，好说歹说，校方也许被说动了，便说先让我到学校去面试一下。

入学检查的情形，就像逛动物园。朝气蓬勃的孩子们，在狭窄的过道上跑来跑去。有些孩子则对陌生的环境不适应，哭闹声此起彼伏。而我，坐在轮椅上，很有礼貌地在人丛中穿来穿去，医生竟对我称赞有加。母亲看到我像模像样的神态，更坚定了我可以在普通学校接受教育的想法。

完成体检之后,母亲带我来到校长室。母亲的心情可想而知,她该是多么地紧张。当时的我,自然没有谨小慎微的自制力,但我却为此时此地的紧张气氛所感染,小心翼翼地尾随在母亲身后。

校长给我的第一印象是温和可亲。母亲与校长谈话,我不十分明白,自然感到无所事事;校长呢,则时不时地向我微微一笑。不知过了多长时间,我看到校长把眼眯成一条缝,母亲那原本僵硬的脸慢慢地变得轻松起来,而且充满一种欢乐的神情。

回到家,母亲立刻向父亲报告:"哎,我说,这孩子可以上普通学校了。"然而我们的喜悦,并没有能持续多长时间。当时,校长确实是同意了。然而他却认为让重残疾儿童接受普通教育,还没有发生过。

我走向接受普通教育的道路刚迈出几步,又必须要回到起点。可是,父母并没有灰心丧气,他们决定不惜一切代价,非要把我送进这所学校不可。

父母前去找教育委员会的人进一步交涉。委员会的人果真是对我的能力表示怀疑。母亲便把我带来,口气中带着一种骄傲:"真的,这孩子什么都会做。"

我明白现在就是决定我命运的时候了。我心中有了一种冲动,一种炫耀的冲动。我侧头把铅笔夹在脸和残臂之间,一笔一画地写字;我把盘子中的刀叉交叉起来,利用机械的原理,靠残臂的平衡用力,从盘子中吃饭;我把剪刀的一边衔在口中,身体呈 L 型,用臀部和残腿的交互动作,不断向前一步一步挪动……

我每做一个动作,就会听到声声惊叹。我知道我完全把教育委员会的人征服了。他们目不转睛地看着我,似乎忘记了一切。

就这样,凭着父母的充满无限爱意的坚持,再加上我自己的努力,我终于得到了用贺小学的入学许可。

恩师高木

看了入学典礼上的同学合影,我的心头就情不自禁地掠过无奈的微笑。站在我旁边的是一个女孩子,她使劲地向后仰着身子,脸上的肌肉很不自然地痉挛着。我非常明白她为何会有这种神态。

我明白由于我的存在，周围的人无不感到慌乱和麻烦。

其中也有我的老师，尤其感到苦恼的是高木老师。高木老师是我一年级到四年级的班主任，是一位经验丰富的年长老师。尽管具有丰富的教学经验，他却从未教过像我这样的无手无足的学生。他与我无论做什么，对于他来说都是"第一次"。我觉得，我让高木老师感到苦恼的首先是班里的同学见到我的反应。

"他怎么会没有手？"

"他为什么乘坐轮椅？"

有的同学还小心翼翼地过来触摸我的残臂。高木老师不知如何回答学生的疑问，我发现他的脸上竟冒出了丝丝汗水。诸如此类的问题难住了高木老师，对于我来说却早就习以为常。我知道，这类问题的答案是我与班里的同学成为朋友的桥梁。"我在妈妈肚子里的时候生过一场病……"我总是这样向同学们反复说明。

就这样，我解开了同学们对我的疑惑。过了一段时间，班里再也没有人问我为什么没有手和脚了，高木老师也感到松了一口气，但谁也没想到由这件事又引出了另外的问题。

高木老师是一位对学生要求非常严格的老师，自己的班里有了我这样一位残疾学生，怎么办？他认为如果别的同学时时处处帮助我，对我并没有好处。他从一开始就这样认为。但他又不能明确地对我和同学们讲，而是把这种意识压抑在心底，原因是同学们的所作所为——对一位同学的帮助——本质上是一种美好的行为。高木老师无法阻止同学们帮助我，但他又实在担心同学的帮助会越来越多，特别是一些女同学。她们与生俱来的喜欢体贴照料他人的天性，会让我失去自理能力，完全依赖于他人。

高木老师非常苦恼。他想：大家都来帮助乙武，在理解乙武的同时班内会形成一种团结互助的好风气，这是令人兴奋的事情，既然如此，就没有必要也没有理由阻止同学们帮助乙武，如果强行阻止，说不定还会引起同学们的抗议。可是，如果同学们对乙武的任何事情都给予帮助的话，乙武会不会滋生一种不良的性格——"我等着不干，过一会儿就会有人来帮

最受读者喜爱的美文 1

助我"的惰性呢?

　　高木老师经过了一番思想斗争,后来向全班同学摊牌:"对于乙武来说,他自己能干的事尽量让他自己干;他自己干不了的事,我们再去帮助他。"同学们听了高木老师的话,心里老大不高兴,小嘴噘得老高。这是小学一年级学生啊! 但老师的话必须得听。"是——"同学们齐声回答。自从那以后,主动来帮助我的同学一个也没有了。

　　几天以后,让高木老师苦恼的事又发生了。班上的同学每人有一个橱柜,都放在教室的后面。里面装着"算术箱",存放尺子和小弹子什么的;还有"工具箱",存放糨糊、剪刀什么的。在上课时如果需要什么,随时可从橱柜中取。这样的事,我应该自己做。我的动作非常慢,老师说让取什么,同学们便一起快速地去取,我不能与同学们一起去做,要等到同学们回来以后才能动身。我必须用屁股和残肢一步一挪,在一条条腿之间挪动身体。要是与同学们一起簇拥着走,那是相当危险的事,我以为是一种近乎自杀的行为。我起身晚,而且到橱前,打开箱子盖,从里边取工具,更是颇费周折,之后还要再盖上箱子盖。这一系列动作,对于当时的我来说,需要花费非常多的时间,说得夸张一点儿,真比登天还难。

　　那一天,可以说我与工具箱进行的是一场殊死搏斗。要在以前,说不定哪位同学就会来帮我,可那一天没有人问我是否需要帮助,因为前一天高木老师刚对大家说了我能干的事尽量让我自己干。同学们看到我取工具的样子,尽管不忍心,但都没有主动上前来帮忙。

　　课接着上,我仍然没能取出工具。我尽量探出身子,却怎么也取不出来,渐渐地我鼻子发酸,终于哭了起来。这是我上学以来的第一次流泪。我感到了一种前所未有的羞愧,更有一种可怕的孤独感强烈地撞击着自己。

　　高木老师听到我的哭声,大吃一惊,急忙跑过来安慰我:

　　"怎么了? 你自己不是已经打开箱子盖了吗? 再加把劲儿!"

　　我听了老师的话,心情逐渐好转,同时又感到似乎受了莫大的委屈,不由得"哇"地一声大哭起来。

　　高木老师终于明白我不能与别的同学一样快速而方便地取出工具。

165

他在想:乙武这孩子接受老师的吩咐,尽管明白自己要完成老师的吩咐是极为困难的,却没有任何不情愿。但他与别的孩子终究是不一样的,正常孩子能做的事,有些他是做不来的。而且,就算他能与别的孩子做同样的事,但在做这件事的时候,别的孩子也不可能一直等着他。在这种时候,如果换一种方式给予他一定的帮助,对他是会有好处的。

于是,高木老师想出了一个办法。他又专门为我安排了一个橱柜,加上原来的橱,工具箱和算术箱中的东西可以分别放到两个橱柜中了。这样一来,我就用不着一个一个地开箱盖了,可以直接从橱中取东西,既方便又快捷。

高木老师就是这样想了很多办法,一直在为我能有正常学生那样的学校生活而操心挂念。

刚入学的时候,我每天一来到校园里,立刻就有小朋友围拢过来,好奇中带着友善,我感觉我是一个深受同学关注的人。原因是我是一个没有手足的人,是他们迄今从未见过的残疾儿,而且还乘坐在轮椅上。不管怎么说,在校园里有人乘坐轮椅还真是一件不寻常的事。特别是我乘坐的轮椅是一种新型的电动轮椅,我的手臂很短,操作轮椅的动作别人几乎注意不到。在小朋友们的眼中,这个轮椅好像是在自动地前进、转弯。因此这些人感到十分惊异、好奇,我也就成了"新闻人物"。

别的班和其他年级的孩子与我接触的机会不多,只在课间休息时才能在一起。他们一旦发觉我来到了校园内,马上就跑过来,就像蚂蚁群发现了甜食。有的还一个劲儿地问:"你的手还好吗?"有的竟想乘坐到我的轮椅上玩玩。接着我同班的同学过来了,于是便出现一个美妙的场景:我同班的同学显出一副洋洋自得的样子,自以为这些人知道的有关我的事情比别的班或其他年级的同学多,煞有介事地讲解说:"乙武啊,在他妈妈肚子里的时候……"

我在学校里成了备受瞩目的人物。我只要一出现,马上就聚来一圈又一圈的同学,我离开,同学们也必随我移动,呼呼啦啦,拥挤不堪。对于这种现象,我心中感到一种难以言语的快乐。我总是受到重视,处于人群的中心位置,作为一个孩子,心情怎么能糟糕呢?还有,我还把跟随在我身边的同学看成我的仆人一样,而我则自诩为"大王",又欢又闹。

但有一天,我终于感到了一种危机,那是一种马上要从"大王宝座"上掉下来的危机。高木老师在那一天突然对我说:"从今天开始,没有老师的同意,你不能在学校里坐轮椅。"高木老师禁止我在校内使用轮椅,是出于下面的考虑:

首先,因为乘坐轮椅,我心中滋生出一种优越感。我坐在轮椅上,一些好事的同学则跟随在我的左右,相对于他们来说,我自然容易产生一种高高在上的感觉。高木老师告诉我:"大家都跟在你的身后跑,其实不是羡慕你这个人,而是对电动轮椅感兴趣,你却洋洋自得,这怎么能行?"再说,"残疾儿"不能被特别看待。高木老师想,我应该有普通孩子一样的心态,而从乘坐轮椅无端生出的优越感,纯粹是一种自欺欺人的感觉。

另外,从体力上考虑,我也不能继续乘坐轮椅了。小学生时代是成长发育期,虽然没有手和脚,但我也自有我的成长发育特征。如果在这一时期一直乘坐轮椅,身体活动的机会就会减少。为了我的将来打算,高木老师认为我应该从小就注重身体的锻炼。

高木老师的话,对于当时的我来说,就好比是一种严厉的指令。不管怎么说,轮椅是我的代步工具,如果没有轮椅,我只能用两条残腿撑在地上,靠着屁股的挪动而行。如果那样,校园在我的眼中将变得无边无际,而且我的体力也有限,那真是一种十分痛苦的事。

很明显,对于高木老师强行阻止我在校园里坐轮椅,也有人表示反对。我不再坐轮椅,而是靠残腿和屁股在校园里行动后没几天,以女老师为中心,许多老师纷纷慨叹我可怜,但高木老师不为所动。寒冬或是盛夏,我在校园中的行动更引起老师们阵阵唏嘘。屁股蹲在地上,两条残腿撑着地不容易地挪动,我感觉我比任何人都更能痛切地感受到大地的冷热。

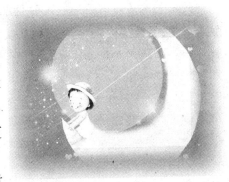

还有,每日例行的"早操"对

最受读者喜爱的美文

1

我来说同样是个大问题。"早操"结束后,同学们合着音乐的节拍回教室。男生行列本来我是排头,因为我走得慢,我们班总是落在后面。老师没办法,就指示后面的同学超过我。我的眼前,一条条轻快的腿交替晃过,很快的,偌大的校园里就只剩下我一个人了。看到这种情况,主张允许我可以在校园中使用轮椅的呼声更高了。

高木老师一如既往,对这种呼声充耳不闻。他说:"乙武现在看上去是怪可怜的,但有些事他必须自己做。他现在就要为将来打好基础。这也是我的任务。"

高木老师的果决源于他对我将来的期望。他的做法,现在看来完全正确。后来我上了初中、高中、大学,那些学校几乎都没有方便残疾人的设施,我靠了自己在小学时的磨炼,一切都可以对付。例如上楼梯,我先把轮椅停在下面,然后从轮椅上下来,靠自己的手、足和屁股,上去,又下来,轻松自如,从没感到遇到了什么难以逾越的障碍。

美文感悟

早稻田大学是日本最著名的高等学府之一,能进入这所大学非常不容易。然而,你能想象一个没有四肢的人考进了这所大学吗?日本残疾青年乙武洋匡就做到了。他不但能在早稻田大学政治经济系读书,而且还是学校多项活动的积极参加者。他用残臂和脸颊夹着笔写字作画,他还去跑步、游泳、爬山、打球、拍电影,使自己的生活丰富多彩。

他的成长远远超出了一般人的想象,这与父母与老师向他灌输的一种做人态度:要像普通人一样生活,残疾只是生理特征。而乙武洋匡也坚强地一步一步地建立起了这种态度,最终到达了常人难达到的高度。

最受读者喜爱的美文 1

生命常青于自立

◆文/佚 名

生命的真谛莫过于自强自立，凡事靠自己。如果一个人想要自己的生命之树常青不败，那他就必须要保持住独立的人格。

在四川等地的大山里生长着一种叫莴萝的植物，它紧紧依附山里的树木攀援而生。莴萝的叶子与芦苇的叶子没什么不同，它的球状果实呈红黑色，味道极其甘甜鲜美。路人见了，无不喜欢它的郁郁葱葱，更乐于品尝它甜美的果实。

然而，人们却记不起莴萝需要攀缘在树上才能生存的事实。木工师傅进入山里伐树，结果莴萝和树同归于尽，这使许多爱惜莴萝的人好生叹息。他们慨叹莴萝如果能够独立生长该多好呀！那样就可以享受雨露的滋润，长生不息，同时又能奉献给人类甘美的果实，但是它却偏偏委身于树木，以致横遭砍伐。

祸兮，福之所倚；福兮，祸之所伏。莴萝的生命曾因依附于大树而熠熠生辉，又因依附于大树而遭杀身之祸，这是莴萝的幸运与不幸。在它依附大树高枕无忧地攀缘而上、步步登高时，它的郁郁葱葱受到了世人的敬仰，而就在木工师傅理所当然的砍伐中，莴萝却无可奈何地赔上了自己的生命，这又怎能不让世人为之惋惜？

趋炎附势、追慕荣华是莴萝悲剧的根源。只有深深地扎根，才能找到自己真正的生存价值。

人是万物之灵长，必须要学会爱惜生命。自立自强，永远是生命之本，保持独立的人格方能使生命之树常青。依附他人，寄人篱下，即使一时博得锦衣美食、珍馐美馔，也不能永享天年，富贵终生。一旦失去靠山，便会一败涂地。

169

美文感悟

"我如果爱你,绝不像攀缘的凌霄花,借你的高枝炫耀自己。绝不学痴情的鸟儿,为绿荫重复单调的歌曲,也不像源泉,常年送来清凉的慰藉,也不只像险峰,增加你的高度,衬托你的威仪。我必须是你近旁的一株木棉,作为树的形象和你站在一起。"

只有自立,平等才有真正而伟大的爱情,而人生更是如此。古往今来,成就伟大事业的人,都是自立自强的人。

白天鹅是怎样变成的

◆ 文/戚锦泉

永远记住一个真理:千万不能放弃任何一个梦想,也不要觉得这件事不可能而将之抛之脑后。不要害怕做梦,不要害怕嘲笑,正如不要害怕做丑小鸭,因为每只白天鹅都是由丑小鸭变成的。

这个小孩很早就对学习失去了兴趣,而且越来越喜欢恶作剧,成绩总是不尽人意。23岁那年他退了学,应聘到一家出版公司担任内勤。但很快,他就因不善处理上下级关系而被解雇了。

他在公司的唯一收获是心里生成一个梦想:他想出版一本资料性的杂志。当他把这个想法告诉他的朋友时,却换来了满堂哄笑,每个人都觉得他一定是疯了,整天想着做异想天开的事。但他没有放弃,依然在盘算着如何去实现它。

可是他太穷了,没有钱来实施他的计划。为了生活,他不得不年复一年的到工厂打工,日子过得艰辛而无奈,但是办杂志的梦想始终在他的脑海里盘旋。

32岁那年,他在妻子的协助下,东挪西借弄来2000美元,在一间地下室里,开始创办这份由他构思已久的杂志。

办公室是极其简陋的,设备同样很差,整间杂志社只有两个工作人员:他和他的妻子。为了省钱,他每天都上图书馆去搜集资料。他常常要阅读四五十份杂志,从中挑选 30 多篇文章,并逐篇把它浓缩,然后用打字机打出来再复印。他拼命工作,如一台永动机,从来没有停顿。为了取得销路,他自己还通宵达旦地写推荐信给每个读者。

这份杂志很奇怪,它同所有同时期的杂志都有所不同,因为它是浓缩的,最奇怪的还是:它没有虚构小说,没有图片,没有彩色,没有广告,里面全是一些资料性的东西。这样的杂志会受读者欢迎吗?业内所有专业人士全都认为不行,他们都觉得这个人在做着玩火自焚的事。但他依然不为所动,始终坚持走下去。

令人深感意外的是:销量似乎不错,第一期竟卖了 5000 份。一年后,销量增至 7000 份;4 年后,增至 20000 份;17 年后,突破 300 万份。经过几十年的发展,现如今这份杂志每月以十几种语言向全世界 100 多个国家出版发行,读者人数最多时曾高达一亿,员工也由最初的两人发展到4800 人,成为一个真正影响深远的杂志王国。

它就是闻名天下的杂志——《读者文摘》,而它的创始人就是华莱士,一个曾经中途退学的差等生、一个贫困人家出身的普通人。大家都没想到,成功的桂冠会落到他的头上,但华莱士的的确确是用他的自身经历向世界证明了:不要轻易放过每个梦想,不要因为它的"不切实际"而去拒绝它,不要害怕做梦,不要害怕嘲笑,正如不要害怕做丑小鸭,因为每只白天鹅都是由丑小鸭变成的。

美文感悟

我们在追求成功面前可以找到无数条推辞的理由,没有资金、没有技术、没有人脉、没有资源,没有经验……

要知道,世界上没有一条成功之路是挂好了标示牌摆在你面前的。那些已经获得成功的人,如果你能亲历成功人士的过去,你也不会想象到今日的成功。而当丑小鸭抖动着自己熠熠生辉的白羽毛时,它已经蜕变成了一只美丽的白天鹅。

华莱士成功了,因为心中有梦想。为了这个梦想,他不管周围人群的嘲弄和阻挡,勇往直前,把满腔的热情变成了持久的恒心。如果你心存梦想并且为之而不懈奋斗,那么,机会就像阳光一样,洒遍你的全身。也许,追逐梦想有成功后的无比辉煌,也会有落败后的万分遗憾,但是,在追逐梦想的路上一路走过的壮美历程,追梦者奔跑的姿势,早已定格在光辉的一页。

最傻的人成功了

◆文/佚　名

这个世界上有许许多多的成功人士,他们可能并不聪明,但有一个不争的事实,他们必定是傻傻地专注于同一事物从不动摇的人。

1862 年,德国哥丁根大学医学院的亨尔教授迎来了他的新学生。在对新生进行面试和笔试后,亨尔教授脸上露出了笑容,可是他马上又神色凝重起来。因为他隐约感觉到这届学生中的很大一部分人是他教学生涯中碰到的最聪明的苗子。

刚刚开学不久,亨尔教授突然把自己多年积下的论文手稿全部搬到教室里,分给学生们,让他们重新仔细工整地誊写一遍。但是,当学生们翻开亨尔教授的论文手稿时,发现这些手稿已经十分工整了。所以几乎所有的学生都认为根本没有重抄一遍的必要,做这种没有价值而又繁冗枯燥的工作实在是浪费自己的青春和生命。有这些时间,还不如发挥自己的聪明才智去搞研究。他们的结论是,除非傻子才会坐在那里当抄写员。最后,他们都去实验室里搞研究去了。让人想不到的是,竟然真有这样一个人坐在教室里抄写教授的论文手稿,他叫科赫。其实,科赫也不知道教授为什么要他抄写这些手稿,但他认为教授这样做应该有他的道理。

但是,同学们都开始取笑科赫,他们称呼他为"最傻的人"。

一个学期以后,科赫把抄好的手稿送到了亨尔教授的办公室。看着科赫满脸疑问,一向和蔼的教授突然严肃地对他说:"我向你表示崇高的敬意,孩子!因为只有你完成了这项工作。而那些我认为很聪明的学生,竟然都不想去做这种繁重、乏味的抄写工作。"

"我们从事医学研究的人,不光需要聪明的头脑和勤奋的精神,更为重要的是一定要具备一种一丝不苟的精神。特别是年轻人,往往急于求成,容易忽略细节。要知道,医理上走错一步,就是人命关天的大事啊!而抄那些手稿的工作,既是学习医学知识的机会,同样是一种修炼心性的过程。"教授最后说。

这番话深深触动了科赫年轻的心灵。他意识到身为一名医学工作者的重大责任,在此后的学习和工作中,科赫一直牢记导师的话,他老老实实做最傻的人,养成了严谨的学习心态和优良的研究作风。这种做事态度让他在人类历史上首次发现了结核菌、霍乱菌,而第一个发现传染病是由于病原体感染而造成的人,也是这位叫科赫的"最傻的人"。1905 年,鉴于他在细菌研究方面的卓越成就,瑞典皇家学会将诺贝尔生理学与医学奖授予了科赫。

要是把科赫的经历和你周围的人相印证,你就会发现一个令人深思的问题:那些成功者,并不一定是很聪明的人,但他们必定是傻傻地专注于同一事物从不动摇的人。

美文感悟

当你羡慕花儿盛开的时候,别忘了它经历了由稚嫩到俊美的漫长过程；当你羡慕彩虹绚烂的时候，别忘了它经历过风雨的洗礼；当你羡慕鸟儿能在高空盘旋的时候，别忘了它经历了由弱小到强大的艰苦磨练。当你看到竞技场上获胜者光彩炫人的一面时，要知道他们为这一刻付出了众多超越其生理极限的努力。是啊，我们惊羡别人的成功，但很少如成功者那样勤勉，长久地付出，结果成了失败行影不离的"好朋友"。

生活中不缺乏充满成功梦想的人，却缺乏能够严格实践梦想的人。踏实地勤奋工作，以此来改变自己的命运，这是我们需要明确的道理。

一个人与一辆牛车

◆文/〔美〕福兰克·赖恩

当人处在极其危险的环境当中，生命已经受到威胁，心跳加快，肾上腺素分泌增加，会在一瞬间内爆发出接近几倍于平常体力的力量，这也许是造化赋予人自救的一种本能吧！

星期六，杰克驾着自己家的牛车，拉了些土豆到城里去卖。他和往常一样沿着村东边的小路驾车，虽然那条路有点窄，但是却比较近，可以早一点到城里。

杰克的牛车正不疾不缓地走着，迎面突然驶来一辆飞驰的汽车。杰克急忙拉牛闪避，没想到路边正好有一个大坑，牛一下站立不稳，向坡下滚去，杰克一下子失去了知觉。等他再醒来时，发现自己被压在牛车下面，沉重的车轮和车身压得他喘不过气来，而且更加可怕的是，他的下半身竟完全失去了知觉！他看不到自己腿上发生了什么事，但他知道，这是一条偏僻的小路，如果他不能趁天黑之前爬到路上求救的话，他会失血过多而死。在这个昼夜温差极大的小镇，天一黑他也会被冻死的。明白这些之后，杰克心中涌上了巨大的恐惧。他试了试向上推动压在身上的牛车，牛车只轻微晃动了一下，又压在他身上。他忍不住呻吟了一声，心中恐惧更甚。

"我不想死"这个念头在杰克心中无比强烈地升起。他尽可能地起身向上，并调整手臂的位置，扶住牛车的边缘，心中默数："一、二、三！"车子略微移动了一下，这使得他的手臂感到更加自由一些，但这一举耗费了他太多的体力。他闭上眼，喘息了一会儿，就开始了第二次尝试。如此不断反复，在第四次的时候，那辆牛车被他举了起来！他挣扎着爬到路上，被路过的行人发现并送到了医院。

杰克的故事令大家都感到不可思议，因为那个牛车至少也有几百斤，一般健康的人想举起它都是很困难的事，更何况杰克处在当时那样恶劣的条件下，又受了重伤呢？杰克自己也感到困惑，他感到平时自己是不可能有那么大的力量的。

科学家对此作出了解释，原因是这样的，人在濒于险境时，心跳加快，肾上腺素分泌增加，会在一瞬间内爆发出接近几倍于平常体力的力量，这也许是造化赋予人自救的一种本能吧！

美文感悟

有一句谚语说，在命运向你掷来一把刀的时候，你要抓住它的两个地方：刀口或刀柄。如果你抓住刀口，它会割伤你，甚至使你致死；但是如果你抓住刀柄，你就可以用它来打开一条大道。

我们应该让挑战来提高自己的战斗精神，让它引发我们内部的力量，并把它付诸行动。我们应该更坚强、更顽强一些，以坚强的心态活到老。这样我们便可以摆脱对生命的恐惧，从而随意书写自己的人生。

因此，充分相信自己吧，它会使你爆发出自己都难以估量的力量。

两元钱的迹象

◆文/佚 名

一枚小小的螺丝钉,可以见证一个人的品性与成功。

1994 年,我买第一台电脑的时候,珞瑜路的电脑城刚刚开始兴旺。那幢 8 层高的大楼底下 3 层全是密密麻麻的电脑公司,有的卖品牌机,有的卖兼容机,其中数目最多的是一些卖耗材的小公司。

小公司小到放下一张电脑桌后,另外的空间就只能容两三个顾客同时站在那里,连转身都有些困难。那个小伙子也有一间这样的公司,他卖的是鼠标、键盘之类的配件。

有一次,我在他那里买了一枚螺丝钉。

回家后,发现这个螺丝钉与螺丝孔不匹配,没办法只好又到电脑城去重买。

因为没有带螺丝孔,我也说不清究竟想要什么样的螺丝钉,一再地解说之后,我和他都很茫然。"得,我跟您去看一趟。"这个小伙子热情地说,好在我家就在附近的大学里,骑着自行车不一会儿就到了。他仔细地看了我的主机、主板之后,从他的随身包里掏出一个螺丝钉来说,应该是这种型号的。

一试,果然对得上。

那个螺丝钉只要 2 元钱,我付过钱,准备送他走。

这时,小伙子又问我:"那你原来那个螺丝钉还要吗?"

"没用了。"我说。

"请你把它给我吧,它对我还有用。"

好吧,物尽其用嘛,我把那个螺丝钉给了他。小伙子把螺丝钉放进包里,再递给我 2 元钱。

"这是你的。"他笑着说。

"不用了。"我推让。

"不，这个钱理所应当是属于你的。"

我只好接过钱，以及那个小伙子随钱一起递过来的名片。

后来，只要我的电脑有任何问题，要买什么耗材，我第一个想到的就是那个小伙子。从那2元钱里，我建立了对他的信任。出于某种直觉，我相信这个小伙子的生意会越做越大。

10年过去了，我家里的电脑从兼容机到品牌机再到笔记本电脑，换了好几代。那座电脑城也扩大了，珞瑜路成了电脑一条街，而那个小伙子在这里拥有了自己的两家电脑公司，当然是大得多的公司，他把他的弟弟及家人都从浙江带到了武汉，和他一起共同拼搏。

而这一切在10年前那枚小小的螺丝钉里看到了迹象。

一枚小小的螺丝钉，可以见证一个人的品性与成功。

美文感悟

华人富豪李嘉诚是从卖米起步的，但卖米却让他占有了心灵的市场。麦当劳是从美国一家小吃店开始的，但小吃店却成了如今遍布全球的庞大连锁公司。沃尔玛是讲究微利广销的，但微利却让沃尔玛成了闻名世界的连锁零售大公司。

成功都是有迹象的，那些给人以感动，让人感到真诚并值得去信任的事情，不管它是多么的微小，从中都能让人看到成功的迹象。细节决定成败。

三根火柴·四条人命

◆文/梁　勇

伸手不见五指的黑夜中，那火柴如同一只只萤火虫，那么的显眼。救援的人们发现了他们，救回了他们。

1976年7月的一天，他带着三个队员到青藏高原尺曲河一带进行地质考察。

事先没有一点征兆，一场暴风雪说来就来。顿时，刚刚还晴空万里的天气，瞬间被暴风雪搅得天昏地暗。他们找了一个避风的掩体，几个人抱在了一起。

暴风雪停止了，他们发现迷失了方向。黑暗中，他们手牵着手，一步一步摸索着向前走。在没有方向的黑雾中，他们就好像空气中的尘沙，在漫无边际地漂移着。体力在慢慢地消耗着，接着有人开始大声喊叫，希望不远处有人，并引起他们的注意。可是，这一切都是没有用的。最后，他们再也喊不动，再也走不动。高原稀薄的空气让本来体力就透支的他们呼吸更加困难。

这时，他让队员们暂时停一下。他们开始盘点身上剩余的东西，有一包烟，一个火柴盒，里面只有三根火柴，一个手电筒。

他刚想带着队员继续行走时，突然感觉到自己的脚下有一个东西。他捡起来一看，是个水壶。他心惊胆颤，全身冷汗直冒——他们又回到刚才避风的地方了。但是，他却不动声色地说："我们在这里不要走了，等人来救援吧。"天色依然如墨，从天空不定时闪过的一丝光亮，他们知道白天过去了，黑夜来了，接着黑夜送走了，白天再一次来临了。在漫长的白天里，他们又苦等着漫长的黑夜……

两天过去了，他们就这样等待着。大本营里的人们苦等两天后，预感到他们出事了，急忙组织人分头寻找。人们打着火把，顶着夜色，在空旷的荒原里含着眼泪焦急地高喊着他们的名字。他们几个人已经饿得、累得筋疲力尽了，他们听到了远处同事的呼喊声，他们张大嘴巴，却喊不出声音来通知他们。有人打开手电筒，希望引起救援人们的注意。可是，那微弱的灯光闪了几下后，就和黑夜为伍了。然后，又有一个人说："我们还有火柴，我来点着它。"

此时，他却出人意料地制止了。"为什么？"大家很不明白。

他没有力气解释。

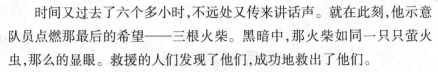

最受读者喜爱的美文 1

时间又过去了六个多小时,不远处又传来讲话声。就在此刻,他示意队员点燃那最后的希望——三根火柴。黑暗中,那火柴如同一只只萤火虫,那么的显眼。救援的人们发现了他们,成功地救出了他们。

他们,就是青藏铁路建设大军中四个重要的科技人员,其中那个直到最后才允许点燃火柴的人,就是青藏铁路建设总指挥部专家咨询组组长张鲁新。

在30年后的今天,张鲁新在一次访谈节目上谈到那次不同寻常的经历时,他说:"那时我们已经没有任何力气,所有的希望就只有那三根火柴了。第一次有人要点燃时被我制止了,因为我发现救援的人们手里都拿着火把。在强烈的光源下,他们怎能发现我们这微弱的火柴光。很幸运,我们没有用,保留了最后的希望。我知道,救援的人们一定还会回来的,回来的时候,他们手中的火把一定会被烧光,到了那时,我们的三根火柴在黑夜中的力量就是无穷的。剩下来,留给我们的就是等待,就是要沉住气。事实上,我的猜测是正确的,我们获救了。"

"机会永远留给那些能沉得住气的人!"最后,张鲁新这样告诉我们。

美文感悟

机遇青睐有准备的人,它不相信眼泪,它与懦弱、懒惰无缘。机遇稍纵即逝,目光敏锐、勇敢果断者常常能获得它。

认识机遇,我们首先应该做好充足的准备,并了解机遇相关的精确信息。到时候,你只要准时出现在那里就可以了。

当然,至关重要的一点是要有良好的心态。在成功面前不能得意忘形,有句俗话叫"乐极生悲",若是那样,追求成功就没有意义了。另一方面,在危险面前不要心慌意乱。当危险逼近时,善于抓住时机要比盲目迎合更有利。快跑的未必能赢,力战的未必得胜,机遇只偏爱那些能沉得住气的人。

能认识机遇,并能懂得抓住机遇的人,往往会成为最后的成功者。

最后一次飞行

◆文/王贞虎

　　海鸥是一种勇搏浪尖的生灵,正是这种勇搏浪尖的精神,让这群大自然的精灵在生命的最后关头,迎着巨浪完成了它们最后一次飞行。

　　在遥远的北大西洋海岸,生活着成千上万大小不同、颜色各异的海鸥。每当夜晚来临,人们常常会听到一阵阵不安的叫声。而风平浪静的日子,它们则栖息在海边的礁石上,悠闲地打盹。一旦发现鱼群,它们则会发出兴奋的喧闹声,然后微微摆动双翅,在风尖浪谷间自由自在地飞翔。

　　这是一群快乐的精灵,它们用生命将荒凉的海岸线装扮得生机盎然。

　　然而,让人们奇怪的是,人们很少在海岸线上发现死海鸥。虽然,海岸上常常留有海鸥的羽毛,但几百年来,人们的确没有发现过海鸥的尸体。有人说,海鸥的死尸是在被人们发现它之前,就让一种叫海鼠的动物搬进了洞穴,但没有人亲眼目睹过,也便成了一个传说。

　　为了揭开海鸥死亡之谜,一群生物学家来到了北大西洋海岸。

　　一个风和日丽的下午,生物学家在一块大礁石的顶端发现了一只濒死的海鸥。那是一只体大的海鸥,它低垂着头,胸脯紧贴着岩石,就宛如一个老人正在睡眠中度过它的余生。有时,它也会挣扎着摇摇晃晃地走几步,但那么一刹那,它又会扑倒在岩石上。

　　就在那个下午,生物学家在距海鸥不到 200 英尺的地

方,利用双筒望远镜,窥探到了海鸥死亡之谜的全过程。

一整个下午,那只海鸥都在不时地挣扎,每次几英尺,一点一点地往礁石边缘移动。虽然,它的眼一直紧闭,嘴抵靠住岩石,看起来奄奄一息,但一切都没能阻止它前进。到达礁石边缘后,这只海鸥又沿着倾斜的岩石,一点一点地向水边移动。

日落的时候,它停在了岩石的突起处。当下次海潮到来时,这里将紧靠潮头。时间一分一秒地过去,几分钟后,海潮来临。在这生命的最后时刻,生物学家发现海鸥面对轻柔的北风,微微抬起头,似乎在遥望大海,表情庄重而凝重。

这时,一阵惊涛骇浪之声传来,海潮来了。如果这只濒死的海鸥再不逃走,它就将葬身大海,死于鱼腹。忽然,就在海浪第一次拍打礁岸的时候,这只海鸥迎着巨浪,发出了一声哀人心魄的叫声!宛如人死回光返照一般,瞬间,它精神抖擞,扇动着双翅,冲天而起。一个短暂的冲刺后,一阵巨浪使它消失得无影无踪。生物学家惊呆了:原来,海鸥死亡之谜竟是这样。虽然,人们知道,这群大自然的精灵,有勇博浪尖的精神,正是这种精神,让海鸥在生命的最后关头,完成了它们最后一次飞行。

美文感悟

海鸥——勇搏浪尖的生灵。在那一刹那,死亡成为光荣。最后的一次飞行,让我们明白,死亡并不是生命的毁灭,而是换个地方重生。生命来自于自然,回归于自然——这期间,勇气是不可战胜的!

大路的尽头没有宝

◆文/李智红

不是前人走过的路,都能通往成功。经验不能迷信,被无数人走过的

最受读者喜爱的美文 1

大路尽头,不会再有宝藏等着你。

传说在浩瀚无际的沙漠深处,有一座埋藏着许多宝藏的古城。要想获取宝藏,必须穿越沙漠,战胜沿途数不清的机关和陷阱。

很多人对沙漠古城里的这些价值连城的财宝心向神往,然而却又没有足够的勇气和胆量去征服沙漠以及杀机四布的陷阱。这批珍贵的财宝,就这样在沙漠古城里埋藏了一年又一年……

有一天,一个勇敢的人听爷爷讲了这个神奇的传说后,决定去寻宝。勇士准备了干粮和水,独自踏上了漫长的寻宝之路。

为了在回程的时候不迷失方向,这个勇敢的寻宝人每走出一段路,便要做上一个非常明显的标记。虽然每前进一步都充满艰险,勇士最终还是找出了一条路。就在古城已经近在眼前的时候,这个勇敢的人却因为过于得意一脚踏进了布满毒蛇的陷阱,眨眼间便被饥饿的毒蛇吞噬了。

沙漠再次陷入了寂静。

过了许多年,终于又走来一个勇敢的寻宝人。他看到前人留下的标记,心想:这一定是有人走过的,既然标记在延伸,那么说明指路人安全地走下去了,这条路一定没错!沿着标记走了一大段路,他欣喜地发现路上果然没有任何危险。

他放心大胆地往前走,越走越高兴,一不留神,也落进同样的陷阱,成了毒蛇的美餐。

最后走进沙漠的寻宝人不光是一位勇者,还是一位智者。他看着前人留下的标记想:这些标记可不能轻信。否则,寻宝者为什么都一去不返了呢?智者凭借着自己的智慧,在浩瀚无际的沙漠中重新开辟了一条道路。他每迈出一步都小心翼翼,扎实平稳。最终,这位智者战胜了重重险阻终于抵达了古城,获得了宝藏。

智者在临终前对自己的儿孙说:"不是前人走过的路都能通往成功,经验不能迷信。即使原来真有宝藏,那也早已经被那些更早踏上这条道路的人采掘干净了。"

美文感悟

因循老路，靠别人的经验过自己的生活，生活就如同复制一般，一定是乘兴而去，败兴而归。没有创造性，温棚里的人生失去了激情，何来新生。开创一条新路并不可怕，鲁迅先生说："其实地上本没有路，走的人多了也便成了路。"这无疑是鼓励我们去探索，去创新，去寻找新的希望之路。人生的过程就如探宝的过程，只有不畏艰险的探索者才有希望找到价值连城的宝物。也许最终宝物也不曾出现，我们仍无须后悔，因为你至少已经体验了探索的乐趣，至少欣赏过路途中无边的风景。而这一切，都是因循老路者所不能体验到的欢乐。